독신남 이야기

국립중앙도서관 출판시도서목록(CIP)

독신남 이야기 / 조한웅 글 ; 이강훈 그림. --
서울 : 마음산책, 2008
    p. ;   cm

ISBN 978-89-6090-039-4 03810 : ₩11000

한국 현대 수필[韓國現代隨筆]

814.6-KDC4
895.745-DDC21   CIP2008002062

독신남 이야기

글 조한웅
그림 이강훈

마음산책

독신남 이야기

1판 1쇄 인쇄 2008년 7월 5일
1판 1쇄 발행 2008년 7월 10일

지은이 | 조한웅
그 림 | 이강훈
펴낸이 | 정은숙
펴낸곳 | 마음산책

편집 | 최동일 · 권한라 · 이보현   디자인 | 김정현
영업 | 권혁준   관리 | 박해령

등록 | 2000년 7월 28일(제13 - 653호)
주소 | 서울시 마포구 서교동 395 - 114 (우 121 - 840)
전화 | 대표 362 - 1452 편집 362 - 1451   팩스 | 362 - 1455
홈페이지 | http://www.maumsan.com
전자우편 | maum@maumsan.com

종이 | 화인페이퍼
인쇄 · 제본 | 한영문화사

ISBN 978 - 89 - 6090 - 039 - 4 03810

* 책값은 뒤표지에 있습니다.

함께 보낼 애인이 없다면

차라리 외로움에

정면으로

맞닥뜨릴 생각이었다

내 친구는 고물장수다.

고물장수라는 표현을 친구가 싫어할지도 모르지만 내가 친구를 자랑스러워하니 개의치 않는다. 고물장수 하면 꾀죄죄한 옷에 신문지나 쇠붙이들을 잔뜩 실은 리어카가 연상되기 십상이다. 그러나 친구는 옷도 깨끗하며 트럭을 몰고 큰 키에 탤런트 류시원을 닮았다. 심지어 수입도 대기업 다니는 직장인이 부럽지 않을 정도다. 고물장수에 대한 이미지는 그저 편견일 뿐이다.

아파트에 혼자 사는 독신남의 이미지는 어떤 것일까?

일반화의 오류를 범할 수 없으니 내가 가졌던 편견에 대해 이야기해야겠다. 나는 경제적 독립을 한 독신녀, 혹은 독신남의 일상이 근사한 줄 알았다. 부모님에게 맡긴 애를 데리러 가야 하는 유부들의 주말과 달리 독신의 이성과 뮤지컬을 보러 다니고, 식사는 파스타와 와인 한 잔을 해야 어울릴 줄 알았다. 평일에는 밤늦도록 MIKA의 음악을 들으며 친구와

캔 맥주를 마시고 한 공간의 주인행세에 만족감을 느낄 줄 알았다. 냉장고를 열면 편의점용 스타벅스 커피가 줄지어 정렬해 있는, 독신의 시간들은 그렇게 드라마 같은 것인 줄 알았다.

살아보니 아니었다. 나의 일상은 초라했고 가슴 벅차기만 했던 달콤한 상상은 어느새 궁상이 되어 있었다. 연일 이어지는 술자리에 개인용 아파트는 결혼 못한 지인들의 단체용 아지트가 되었다. 조미료 범벅의 자극적 식당밥에 물린 나는 심심한 엄마표 집밥을 그리워했고, 아파트 단지에서 아이를 낀 혼성 3인조 행복남녀들이라도 마주치게 되면 열등감을 느꼈다. 아! 나는 이 책이 '독신탈출 성공기'이기를 진심으로 바랐다. 폼 나는 독립은 1장, 근사한 연애는 2장, 마지막 3장은 완벽한 해피웨딩으로 예쁘고 설레는 에피소드만 보여주고 싶었다.

왜 나는 순진하게도 실화의 닻을 양심 깊숙한 곳에 박아놓은 채 드라마틱하지 않은 일상을 선택한 것일까? 꿈꿨던 로맨스는 늘 현실이란 복병에 무릎을 꿇었다. 노을 진 서해 바다 낚싯배 위에서 예쁘장한 후배와 사랑의 밀담을 나누고 싶었지만 내 옷차림은 안타깝게도 피칠갑 상태였다. 주말마다 판화에 몰두하며 모두가 부러워할 향기로운 독신으로 거듭나고 싶었지만 내 주머니는 구멍 나 있었다. 그 와중에 멋있지 않은 카페 창업기를 적나라하게 공개했던 나는 객기와 용기를 구분할 수 없는 지경에 이르렀다.

결국 원하는 이 아무도 없는데 혼자서 머리띠를 동여매며 나의 일상을 알려야겠다고 비장하게 각오한 것이다. 이유는 간단하다. 부족하기만 한 나의 첫 책을 읽어준 특이한 독자들에게 보은하고 싶었다. 웃을 일 별로 없는 이들의 팍팍한 일상에 조금이라도 즐거움을 주고 싶었다. 일이, 사랑이, 인생이 잘 안 풀린다고 몇 명 안 되는 내 소중한 독자들이 바위처럼 묵직한 한숨을 쉬지 않았으면 좋겠다. 삽질이 일과인 양 살아가면

서도 희망을 잃지 않는 키키봉을 위안 삼아 '그래도 난 쟤보다 나아' 라며 행복을 확인하며 살았으면 좋겠다.

  ps. 첫 책『낭만적 밥벌이』를 낸 이후에 몇 명의 독자에게 그 후가 궁금하다는 말을 들었다. (굳이 정확한 수를 밝히지는 않겠다.) 알다시피 이 책은 시간적 배경이『낭만적 밥벌이』그 이전인 일종의 프리퀄pre-quel이다. 어쩌면 창업기를 냈다고 그 후 이야기를 내야 한다는 건 일종의 편견일지도 모른다. 독자 분들은 기다려주시라. 이 책이 나와 출판사의 관계를 불편하게 하지 않을 만큼만 팔린다면 시퀄sequel도 뻔뻔스럽게 낼 야심이 있다.

2008년 7월

리앤키키봉에서 조한웅

□ 차례 □

책머리에 • 8

기사도 • 13

SOS • 21

언더웨어 • 29

냉장쿰 • 37

악취미 • 45

아마조네스 • 56

목욕재계 • 66

만선 • 75

럭키 식스 • 85

사회화 • 94

가출 • 105

육식의 종말 • 115

커밍아웃 • 128

미스터리 • 138

전세역전 • 146

친구여 • 155

동맹결렬 • 163

씨네21 • 176

사랑니 • 183

기억상실 • 191

울면 안 돼 • 199

앤드 • 205

나만
따라오삼

기사도

유관순 누나보다 더 처절한 몸부림이 있었다. 부모님을 설득하여 키키봉이 독립을 하기까지의 과정은 한 편의 드라마였고 블록버스터 영화였다. 키키봉은 어엿한 성인임을 지난하게 어필했고, 부모님은 철없는 30대 막내아들이 훗날 얻을 신혼집이 걱정되셨나 보다. 머리에 꽃 달고 연신 춤춰대는 아파트 시세에 키키봉도 덩달아 춤을 추기 시작했다. 결혼 때 보태주시려 한 돈을 미리 받고, 7년간의 직장생활 동안 조금씩 모아왔던 부채와 아파트 담보대출을 합쳐 집을 샀다.

독립을 한 것이다. 프리랜서인 키키봉이 늦잠을 자도 부모님의 눈치를 안 봐도 되고, 묘령의 여인을 집에 데려와 묻지 마 집들이를 해도 상관없게 된 것이다. 그러나 간과한 것이 하나 있었으니 달콤한 자유의 당의정 속 쓰디 쓴 책임과 의무였다. 혼자 산다는 것은 모든 것을 스스로 해야 한다는 것이다. 부어라 마셔라 하던 술자리가 폭풍처럼 지나간 다음날이면 엄마가 끓여주시던 북엇국의 공급이 끊기는 것이다. 쓰린 속을 부여잡고 오직 정신력 하나로 라면에 고춧가루를 넣어, 살기 위해 끓여 먹어야 한다. 키키봉은 보란 듯 잘 살 생각이었다. 드라마 속 독신남의 집을 상상하며 열심히 청소하고 깨끗이 빨래하고 그럴듯한 음식을 만들어 먹으리라 생각했다. 그러나 30년 넘게 부모님 슬하 철부지 막내아들로 살아온 생활패턴을 바꾸기가 어디 쉬운 일이랴. 시간이 지날수록 키키봉의 아파트에는 자유만 남고 책임과 의무는 마실가기 일쑤였다. 집에 놀러온 곤이 거실바닥에 벗어놓은 점퍼를 다시 드는 순간, 하얀 먼지가 점퍼에 묻어났던 바로 그 순간! 키키봉은 결심했다. 열심히 청소를 하자? 물론 이런 결심이 아니다. 키키봉이 결연히 마음먹은 것은 파출부를 부르는 것이었다. 생각해보면 파출부가 나오는 드라마도 꽤 되는 것 같다. 인터넷을 뒤지며 파출부 회사를 찾았다. 인터넷 인력소개소 정도 생각하며 서핑을 하던 키키봉의 눈앞에 리빙 헬퍼 전문회사들의 홈페이지와 팝업창이 현란하게 펼쳐지며 클릭을 기다렸다.

여보세요? 파출부가 필요해서요.

네, 고객님. 가족은 몇 분이고 집은 몇 평이신가요?

혼자 사는 남자고 조그만 아파트예요.

시간에 따라 요구에 따라 맞춤서비스가 가능합니다. 고객님.

네, 일주일에 한 번 정도 와서 빨래나 청소 등을 해주셨으면 합니다.

감사합니다. 고객님. 매니저 분이 먼저 전화를 드리고, 파견해드리겠습니다.

아! 저 그런데…… 가능하면 젊은 분을 보내주셨으면 해서요.

네? 무슨 특별한 이유라도 있으신가요? 고객님.

저 그게…… 나이 드신 분이 와서 일해주시면 미안할 거 같아서요.

…….

…….

1시간보다 긴 몇 초간의 어색한 침묵이 있은 후 상담원의 대답이 이어졌다.

잘 알겠습니다! 고객님.

어쩌면 상담원이 이상한 오해를 할 수도 있는 요구였다. 파출부의 대부분은 여자들인데 혼자 사는 30대 남자가 가능하면 젊은 사람으로 보내달라니! 더구나 키키봉이 읽고 있던 책은 다름 아닌 크리스티앙 오스테르의 『로라, 내 아름다운 파출부』였다. 키키봉이 읽고 있는 책이 무엇인지 수화기 너머 상담원이 전혀 알 길 없었지만, 키키봉은 지레 얼굴이 홧홧하게 달아올랐다. 늦은 밤 으슥한 골목에서 행여나 앞에 여자라도 걸어가면 빠른 걸음으로 추월해 쓸데없는 오해를 피해왔던 키키봉이다. 다시 전화를 걸어 '흑심이 있어서 그런 건 아닙니다'라고 할까 하다가 키키봉은 이내 단념하고 말았다. 뒤따라 걷는다는 이유만으로 생전 처음 보는 여자에게 다짜고짜 '저는 치한이 아닙니다'라고 할 수도 없는 노릇 아닌가. 성직자 같은 행동과 부단한 마음수련으로 방문할 파출부를 안심시키자, 가 고작 든 생각이었다.

그리고 며칠이 지나 파출부가 왔다. 키키봉이 원한 건 그저 젊은 파출

15

부였다. 하늘을 우러러 한 점 부끄럼 없이 맹세하건대 예쁜 파출부를 보내달라고 요구한 적은 없었다. 리빙 헬퍼 회사에서도 일부러 예쁜 파출부를 보낼 리 만무했다. 그러나 파출부는 예뻤다. 고마웠다. 키키봉의 볼이 살짝 붉어졌지만, 홍조를 들키는 순간 이상한 남자로 낙인찍히는 건 시간문제다. 오직 사무적인 대화만이 집주인과 파출부의 관계를 부적절하게 만들지 않을 것이다.

해주실 건 빨래와 청소입니다.

네.

빨래할 때 스웨터에 보푸라기가 묻지 않게 해주시구요.

네, 다른 건 또 없나요?

시간이 남으시면 일주일분의 보리차도 끓여놔주세요.

네, 잘 알겠습니다.

그런데 제가 프리랜서라 집에 없는 경우가 많거든요. 만약 오시는 날 제가 없으면 어떻게 하죠?

여분의 키를 미리 주시면 됩니다. 도난 등 불미스런 사고에 대해서는 전액 회사에서 보상이 가능하니 걱정하지 않으셔도 되구요.

아니…… 뭐…… 그런 걸 걱정한 건 아닌데…….

키키봉이 생각해도 대견할 정도로 지극히 사무적인 대화가 오갔고, 잠시 후 파출부는 청소를 시작했다. 그리고 키키봉은 무엇을 해야 할지 모르는 상황에 빠졌다. 세탁기와 청소기의 불협화음 속에서 카피를 쓰는 것도 책을 읽는 것도 역부족이었다. 어쩔 수 없이 파출부에게 외출을 하겠다고 하고 나왔지만 마땅히 갈 곳이 있는 것도 아니었다. 아파트 단지를 나와 담배를 피운 뒤, DVD 가게에 들러 신프로 출시현황을 체크하고, 부동산 앞에 붙어 있는 A4 용지 속 아파트 시세를 구경했다. 편의점에 들러 카페라떼를 사 마시고 책방에 들러 잡지를 뒤적였지만, 시계는 메이드 인 충청도가 아닐까 의심이 갈 정도로 힘겹게 시침과 분침을 밀어내고 있었다. 아버지를 아버지라 부르지 못했던 홍길동이 이런 심정이었을까? 집이 있음에 정작 갈 수 없어 주변을 배회하는 키키봉의 심정이 홍길동의 비애와 닿아 있었다. 아파트 단지 내 놀이터에서 비둘기들에게 새우깡을 나눠주고, 동네 꼬마들과 어색하게 축구를 하고, 아파트 주변을 세 바퀴 더 돌고 나서야 겨우 집으로 돌아가도 괜찮을 시간이 되었다.

키키봉은 그저 깨끗해진 집을 상상하며 들어섰는데 놀라운 광경이 벌어졌다. 단순히 깨끗한 정도가 아니었다. 지금 들어온 집이 아까 나왔던 집과 과연 같은 집인지 믿기지 않을 정도였다. 그것은 파출부가 키키봉을 위해 준비한 서프라이즈 파티였다. 싱크대의 그릇들은 모델하우스에서 본 것처럼 가장 예쁜 각도를 유지하고 있었고, 알록달록 정갈하게 널려 있는 빨래들은 앤디 워홀의 팝아트보다 더한 감동을 뿜어내고 있었다. 순정만화 속에서 꽃미남의 얼굴 옆에 그려져 있던 다이아몬드 마크들이 집 안 곳곳에서 영롱하게 빛나고 있었다. 나물과 찬밥이 있었다면 거실바닥에 고추장을 뿌리고 비벼 먹어도 좋을 만큼 신뢰가 가는 깨끗함이었다.

18

다 끝나셨나요?

네, 보리차는 뜨거워서 베란다에 두었습니다. 식으면 냉장고에 넣으세요.

네, 수고하셨습니다.

저녁식사 집에서 하실 거죠? 레인지 위에 된장찌개 준비해놨으니 끓여 드시기만 하면 돼요.

키키봉은 하마터면 같이 저녁이나 먹자고 할 뻔했다. 그러나 키키봉은 혼자 사는 남자다. 처음 만난 젊은 여자, 그것도 파출부에게 저녁을 먹자고 하는 건 아무래도 모양새가 좋지 않았다. 파출부가 돌아간 후 키키봉은 신혼집 집들이에 초대받은 사람처럼 방문들을 열며 구경했다. 혼돈에서 정돈으로 바뀐 공간이 신기하기만 했다. 세상 어떤 양처도 감히 못 해줄 세심한 집안일이 단돈 3만 원에 해결된 것이다. '만원의 행복'이 아니라 '3만 원의 기적'이었다. 베란다 건조대에 속옷들이 수줍게 걸려 있고 침대와 식탁, 냉장고에 파출부의 손길이 묻어 있었다. 그 후 매주 수요일에 파출부는 우렁이 각시처럼 다녀갔다. 키키봉이 집에 있든 없든 문을 따고 들어와 청소를 하고 빨래를 하고 보리차를 끓여놓고 국거리와 밑반찬을 준비해놓았다. 그렇다면 키키봉은 집안일 걱정 없이 열심히 일하고 즐겁게 일상을 즐기며 살 수 있게 된 걸까? 먼지 쌓인 절망 속에서 힘겹게 살아갈 때 놀러왔었던 곤이 다시 놀러왔다.

집이 좀 달라진 거 같은데?

응, 요즘 일주일에 한 번씩 파출부 온다.

그래? 예뻐?

애인 없는 곤이 독신의 키키봉과 나누는 대화란 이런 것이다. 파출부가 온다는 얘기를 듣고 '한 달에 얼만데?'도 아니고 '일은 잘해?'도 아니고 첫마디가 '예뻐?'다. 실은 그 예쁘다는 사실이 키키봉에게 썩 반가운 일이 아님에도 말이다. 파출부가 오기 시작한 후의 키키봉 생활? 파출부가 오는 수요일 전날, 다시 말해서 화요일에 키키봉은 파출부가 된다. 소심한 키키봉은 예쁜 파출부에게 내놓는 빨랫감이 미안해 깨끗이 세탁을 한 후에 빨랫감 통에 넣는다. 애써 정리해놓은 싱크대의 식기들을 흐트러뜨리기 미안해 밥과 반찬도 양푼 하나에 넣고 비벼 먹는다. 대걸레질이며 청소기 돌리는 거며 힘든 일을 여자에게 시키기 미안해 역시나 땀을 뻘뻘 흘리며 죄다 해놓는다. 그리고 이 모든 것이 파출부 앞에 붙는 두 음절의 형용사 때문이었다. 바로 그놈의 예쁜! 그렇다. 예쁜 파출부가 온 후로 더 바쁜 키키봉이 된 것이다.

SOS

키키봉이 잠에서 깬 시각은 아침 9시 40분이었다. 평소 나무늘보처럼 슬로 모션으로 일어나던 키키봉이 외마디 비명을 지르며 기지개까지 생략하고 벌떡 일어났다. 아침 10시에 잡혀 있는 회의 때문이었다. 회의를 할 기획사가 있는 곳은 논현역 부근인데 키키봉이 사는 곳은 월드컵 경기장 근처 성산동이다. 20분이란 시간은 화장실 가고 씻고 옷 입고 집 밖을 나설 수 있는 시간이지, 마포에서 강남까지 도착하기에는 칸트는 고사하고 나폴레옹도 불가능한 시간이다. 젠장! 키키봉이 이런 수렁에 빠진 건 다 어제의, 아니 오늘 새벽의 술자리 때문이다. 후배 놈이 술자리에 데리고 나온 바로 그 천사 같은 스테파네트 아가씨 때문이다.

남자들만 득시글대는 술자리에서 스테파네트 아가씨는 별처럼 영롱하게 빛이 났다. 여자들은 예쁘면 착하지 않거나, 예쁘고 착하면 멍청하거나, 예쁘고 착하고 똑똑하면 성격이 안 좋거나, 예쁘고 착하고 똑똑하고 성격이 좋으면 키키봉을 거들떠보지 않았었다. 그러나 별처럼 맑은 스테파네트 아가씨는 키키봉의 썰렁한 농담에도 연신 포로롱 웃어주었다. 드디어 운명적인 반쪽을 만났다고 생각한 키키봉이 귀가시간을 연장한 건 사랑에 빠지기 일보 직전의 남자가 지켜야 할 예의였다. 그렇게 전철이 끊기기 전 돌아가리라던 결심은 필름이 끊기기 전에만 돌아가자는 것으로 변경되었다. 혀가 꼬일 때쯤 알아차렸어야 했다. 뭔가 꼬이고 있다는 것을……. 새벽 두 시쯤이었나? 세 시쯤이었나? 스테파네트 아가씨를 데리러 웬 목동 같은 놈이 등장한 것이다. 예쁘고 착하고 똑똑하고 성격 좋고 키키봉에게 친절하게 대해주면 뭐하냔 말이다. 애인이 있으면 있다고 진즉에 말할 것이지. 스테파네트 아가씨 아니, 스테파네트 여시와 거짓말로 작업 걸었을 것 같은 양치기 목동이 자리를 뜬 후 키키봉은 연거푸 소주를 들이켰다. 혀뿐 아니라 다리가 꼬일 만큼 취해 집으로 돌아온 시간이 새벽 4시 넘어서였다.

술을 안 먹어도 8시간은 꽉 채워 자는 키키봉인데, 애초에 술을 꽉 채워 마시고 자면서 순진하게 핸드폰 알람만 믿었던 것이 실수였다. 시간이 없다. 이 닦고 고양이세수 하고 샴푸는 통과, 화장실도 통과, 현관을 나서며 슈퍼맨처럼 옷을 갈아입고 하늘을 날듯 달리기 시작! 아침마다 쩌렁쩌렁 집 안에 울려 퍼졌던 엄마의 기상명령이 그리운 아침이다. 키키봉은 중국산 알람시계를 적어도 세 개 정도는 사놓아야겠다고 생각을 하며 마을버스 정류장에 도착했다. 시계는 어느덧 10시를 가리키고 있었다. 강남에서 클라이언트와 함께 회의를 시작해야 할 시간에 마포에서 출근을 시작하고 있다. 오로지 믿을 건 유구한 역사 속에 한민족과 함께했던 코리언 타임과 평소 서울시의 실패한 교통정책을 욕해왔던 클라이언트와의 정치적 공감대뿐이다. 마을버스를 타고 전철역으로 가서, 2호선을 타고 가다가 또 7호선으로 갈아타야 하는 머나먼 논현역. 키키봉은 환승통로와 가장 가까웠던 열차 칸을 상기하고 있었다. 바로 그때! 몸속의 오장육부가 일제히 봉기하기 시작했다. 하는 것보다 지우는 것이 중요하다는 화장처럼 음식도 채우는 것보다 비우는 것이 중요하다고 했던가. 아랫배에서 모스 부호의 리듬으로 SOS신호가 잡혔다. 꾸륵 꾹 꾸륵, 꾸륵 꾹 꾸륵…….

일 분 일 초가 아쉬운 순간에 하늘도 무심했지만 사태는 심각했다. 키키봉은 마을버스에서 내려 화장실을 찾기 시작했다. 편의점 건물로 급하게 들어갔지만, 화장실 문에는 완고한 청학동 훈장님처럼 자물쇠가 버티고 있었다. 조금이라도 시간을 단축하기 위해 전철역 방향으로 동선을 잡고 감자탕집 건물, 당구장 건물, 김밥집 건물의 화장실을 애타게 두드렸지만 아침이어서 그런지 문은 굳게 잠겨 있었다. '네 소원이 무엇이냐' 하고 하느님이 물으시면 키키봉은 서슴지 않고 첫째는 화장실 자물쇠의 독립이오, 둘째는 화장실 자물쇠의 완전한 자주독립이오……, 셋째는…… 헉! 이럴 때가 아니다.

일촉즉발! 이 정도면 회의에 늦은 아침은 차라리 평화로운 아침이다. 전면전을 예고하며 키키봉의 허리띠 부근에서 데프콘이 발령되었다. 그러나 하늘이 무너져도 솟아날 구멍은 있는 법, 100미터 전방에 홍대전철역이 보인다. 지금 이 순간 화장실 문이 잠겨 있는 이곳은 사막이고, 열린 화장실이 있는 저곳은 오아시스다. 회의에 늦어 달리던 속도와는 비교도 안 되게 마지막 스퍼트에 박차를 가했다. 주위의 사물이 빛의 속도로 뒤로 물러났고, 키키봉은 전철역 계단을 구르듯 내려가 화장실로 직행했다.

극적인 세이프! 한결 가벼워진 몸과 마음을 확인했지만, 지금은 더블헤더 상황으로 아직 남은 경기가 있다. 화장실이 급한 키키봉에서 회의에 늦은 키키봉으로 다시 돌아가야 한다. 시간을 확인한 키키봉이 서둘러 옷을 추스르며 나오려고 하는데 뭔가 좀 이상하다. 화장실 문 안쪽에 있는 낙서의 내용이 낯설다. 공공화장실의 영원불멸한 등장인물은 친구누나가 아니었던가. 보통 '친구네 집에 놀러갔다. 그런데 친구는 없고 누나만 혼자 있었다'로 시작해야 할 화장실 낙서가 '개새끼랑 헤어졌다'라든지 '병신! 잘 먹고 잘 살아라' 같은 낙서들로 바뀌어 있다. 욕을 하고 있기는 하지만, 문장에서 느껴지는 이 알 수 없는 부드러움은 무엇일까? 이질적인 공간감에 대한 키키봉의 의문은 밖에서 들리는 소리에 의해서 풀렸다. 바리톤이 아닌 소프라노 음색이 들린다. 베토벤의 장난이 시작된 것이다.

키키봉이 있는 곳은 다름 아닌 여자화장실이었다. 상황을 정리해보자. 키키봉이 황급히 뛰어 들어올 때 화장실에는 아무도 없었다. 그리고 나가려고 할 때는 남자들이 아닌 여자들이 삼엄하게 키키봉 주변에서 용무 중이다. 여자들은 마치 몰래카메라의 연기자들처럼 키키봉이 나가려고 하는 순간에 맞춰 화장실을 점령한 것이다. 진퇴양난, 사면초가, 설상가상이다. 여자가 남자화장실에 잘못 들어가면 한 번 웃고 말지만, 남자가 여자화장실에 들어가면 쇠고랑을 준비하는 나라가 대한민국이다. 언젠가 신문에서는 지하철역의 성도착증 환자 프로필을 실은 적이 있었다. 성도착증 환자는 남루한 옷차림에 이상한 눈빛의 아저씨가 아니라 양복을 입은 멀쩡한 2, 30대 회사원이 대다수라고 했다. 프리랜서라 평소 양복도 잘 안 입던 키키봉이 오늘은 또 회의라고 양복까지 입었다. 방금 전의 순수했던 위급상황 때문에 허겁지겁 뛰어와 흘린 땀과 달뜬 숨은 성도착증 환자의 그것과도 흡사해 보였다. 궁지에 몰린 키키봉은 성도착증 환자의 누명을 벗기 위해 고민을 하기 시작했다. 아무 일도 없었다는 듯 자연스럽게 걸어 나가자니 용기가 안 난다. 소심한 키키봉이 아니라 대범한 그 누구라도 그럴 용기는 쉽게 나지 않을 것이다. 키키봉은 '화장실 들어갈 때와 나올 때가 다르다' 란 말의 의미를 새롭게 이해하기 시작했다. 문을 열기 전에 안에서 미리 자초지종을 설명하고 정중하게 나가는 것은 어떨까? 경찰이 와서 어디론가 정중하게 끌고 가겠지. 도무지 방법이 없다. 사람들은 들고 나는 거 같은데 대여섯 명에 이르는 평균 인원수는 줄지 않고 있다. 키키봉이 있는 칸 앞에서 기다리던 여자는 노골적으로 투덜대기 시작했다.

아이참, 왜 이렇게 안 나와. 급한데…… 안에 사람 없나? 수리 중인가?

키키봉은 행여나 숨소리라도 새어나갈까 봐 죽고 싶은 마음으로 죽은 듯 있는 수밖에 없었다. 그러나 남자로 태어나 볼일까지 다 본 여자화장실에서 마냥 있을 수는 없는 노릇이다. 문틈으로 밖을 주시하다가 사람들이 모두 나간 틈을 노리는 수밖에 없다. '용건만 간단히' 는 통화할 때만 해당되는 것은 아닐 텐데 여자들은 참 많은 것을 화장실에서 해결했다. '용건만 간단히'가 아니라 '용건은 느긋하게 제대로'였다. 몇십 분이 흘렀을까? 키키봉에게 갑자기 불길한 기운이 엄습했다. 남자화장실에서도 서열 넘버원을 자랑하는 청소아줌마가 당신의 메인 베이스라고 할 수 있는 여자화장실에 들이닥친 것이다. 아줌마는 키키봉의 왼쪽 칸과 오른쪽 칸, 그다음엔 세면기와 바닥 순서로 청소를 시작했다. 잠시 후 키키봉의 칸을 노크하는 청소아줌마.

멀었어요? 안에 누구 있어요?

대답을 할 수 없는 키키봉은 그저 식은땀만 흘리며 이건 악몽이라고 생각했다.

아무도 없나? 이상하네. 문이 왜 잠겼지?

기도비닉을 유지하며 다시 잠복에 들어가는 키키봉. 바로 그때 핸드폰이 굉음을 내며 몸을 떨었다. 함께 회의를 하기로 했던 클라이언트에게 연락이 온 것이다. 핸드폰의 천둥 같은 진동은 키키봉에게 결단을 내리라고 명령하는 듯했다. 밖에서는 청소아줌마가 주시하고 있고, 이곳은 여자화장실이고, 키키봉은 남자다. 방법은 단 하나. 줄행랑만이 구원이다. 튀자! 뒤를 돌아보면 돌이라도 되는 양 키키봉은 달리고 또 달렸다. 뒤에서는 아득하게 "저놈 잡아라"라는 소리가 들렸지만, 저놈 입장에서는 잡히면 끝장이었다.

며칠이 흘렀고, 키키봉은 다시 일상으로 돌아가 화장실 탈출사
건을 잊고 지냈다. 그러나 우연히 그 화장실을 다시 찾은 키키
봉은 진땀을 흘리며 황급히 자리를 뜰 수밖에 없었다.
그곳에는 작은 공고문 하나가 두 눈을 부릅뜨고 키키봉
을 기다리고 있었다.

여자화장실을 출입하는 등 행동이 수상한 사람을 발견하면 신고 바람

　인상착의 : 키 170cm 정도에 30대 중반의 회사원으로 안경 착용

언더웨어

키키봉은 과학적이고 이성적인 사람이다. 발명 특허를 몇 개나 가지고 계신 아버지를 닮아서일까? 개수대의 물 빠지는 모습에서 지구의 자전을 생각하고, 나아가 적도 지역에서는 개수대의 물이 소용돌이가 아니라 폭포처럼 떨어질 거라 미루어 짐작하는 키키봉이다. 고등학교 때는 이과 반이었고 대학교 때 전공은 화학이다. '물은 100℃에서 끓고 빛은 소리보다 빠르다'는 것을 믿는다. 오직 차가운 과학과 정교한 원리만이 키키봉을 살아가게 하는 힘이다.

유난히 햇살이 눈부셨던 어느 날 아침, 후배에게 전화가 왔다. 성산동의 대척점인 우루과이 남동해상은 저녁이겠군, 이란 생각을 하고 있을 때였다.

형, 이번 주 토요일에 뭐 해?

응, 아무것도 안 해.

그럼 나랑 사주 보러 가자.

넌 새파랗게 젊은 놈이 무슨 점이냐?

점이 아니라 사주라니까. 사주는 과학이야!

응, 안 봐. 너나 가.

그래? 정말 용하다는데…….

키키봉이 생각하는 점은, 아니 사주는 수험생 자녀를 둔 대한민국 부모님들의 전유물이었다. 요즘이 어떤 세상인가. 열차가 공중에 떠서 날아다니는 세상이다. 로봇이 스스로 돌아다니며 청소를 하는 세상이다. 적어도 키키봉의 마음을 끌려면 인력의 법칙에 충족할 때만 가능하다. 물론 사주 따위에 그런 힘이 있을 리 없다. 키키봉은 후배에게 조롱과 핀잔을 정성껏 섞어 선물했다. 잠시 후 키키봉의 짓궂은 야유에 후배가 얄궂게 화답했다.

애인도 없이 언제까지 혼자 살 거야?

철모가 모든 총탄을 막을 수 있다는 건 잘못된 상식이다. 철모는 어디까지나 빗맞은 총탄에 치명상을 입지 않도록 만들어진 것이다. 정확히 날아온 총탄은 철모를 뚫는다. 키키봉이 원한 것은 큐피드의 화살인데 정작 날아온 것은 정조준한 후배의 독화살이었다. 키키봉은 투항했다. 유명한 종교인 중에 과학자 출신이 많다는 말이 생각났다. 인간의 영역에서 해결할 수 없는 의문은 절대적 존재의 지혜를 빌려야 할지도…….

운명의 시나리오를 훔쳐볼 토요일이 밝았다. 태어난 시를 알아 오란 후배의 말을 건성으로 들은 건 과학을 숭배하던 키키봉의 마지막 자존심 때문이었다. 점을 본다는 사실이 마뜩잖았지만 키키봉은 이미 안암동에 도착해 있었다. 안암동의 어느 운명철학관, 가정집을 개조한 그곳에는 불상이 있었고 향냄새가 났고 점쟁이가 있었다. 안으로 들어가자 치성을 드리고 있어도 시원찮을 점쟁이는 인터넷 고스톱에 열중하고 있었다. 키키봉과 후배를 건성으로 보고 잠깐 기다리라고 했다. 10억 원을 잃었다나 뭐라나.

어떻게 오셨습니까?

(왜 왔어, 라고 했다면 카리스마라도 있어 보였을 텐데 역시나 이건 좀 아닙니다.)

사주를 보러 왔습니다.

이름과 생년월일, 태어난 시가 어떻게 되죠?

(어디 한번 맞춰보시지?)

태어난 시는 잘 모르는데요.

이름과 생년월일이…… 아! 다행히 태어난 시를 몰라도 되는 사주입니다.

(저치가 원하는 것이 이름과 생년월일일까? 아니면 복채일까?)

결혼 운과 성공 운을 알고 싶습니다.

오! 사주가 아주 좋습니다.

(응?)

점쟁이가 아니었다. 그분은 신선계에서 파견 나와 인간계에 머물며 세상의 빛으로 존재하는 안암거사님이셨다. 키키봉이 호들갑을 떠는 이유가 단순히 달콤한 사주 때문만은 아니다. 점쟁이에서 안암거사님으로 신분상승을 할 수 있었던 계기는 문서 운에 대한 언급 때문이었다. 생전 처음 들어본 문서 운! 중요한 문서를 쓸 일이 생기고 그건 화가 아닌 복이라고 하셨다. 며칠 전 아파트를 계약하며 독립한 키키봉이 귀가 쫑긋할 수밖에 없는 대목이다. 이어서 결혼 운은 양손에 떡을 들고 있는 형국이라고 하셨다. 양손의 떡은 좀 아니다, 란 생각을 하다가 키키봉은 무릎을 탁 칠 수밖에 없었다. 키키봉은 떡을 싫어한다. 이 얼마나 기막힌 점괘인가! 그동안 키키봉을 좋아해주는 여자가 없었던 것은 아니다. 그러나 사랑은 언제나 일방통행이다. 키키봉이 좋아하는 여자는 다른 남자를 좋아하고, 키키봉을 좋아해주는 여자는 성에 안 찼다. 키키봉은 이미 복채가 3만 원이란 소리를 듣고 갔지만 안암거사님이 5만 원을 요구하셔도 기꺼이 드리리라 마음속으로 다짐했다. 결정적으로 키키봉이 그분의 뒤를 따르며 남은 인생을 맡겨도 좋겠다고 생각한 것은 성공 운에 대한 명쾌한 해석이 있고 난 뒤였다.

사주에 화가 너무 많아요. 화는 열을 의미하고 열을 다스리기 위해서는 열이 필요해요. 인간의 체온인 36.5℃는 뜨겁나요? 차갑나요? 불 앞에 차갑고 얼음 앞에 뜨겁지요. 이게 세상 이치지요. 붉음으로 다스리면 화가 다소곳해질 거예요.

알 듯 모를 듯한 안암거사님과 삼라만상 사이의 선문답 후에 처방이 내려졌다. 안암거사님은 속옷이 패션의 시작이 아니라 운명의 시작이라고 하셨다. 이어 후배에게는 하얀 팬티를, 키키봉에게는 빨간 팬티를 입으라고 하셨다. 왜 팬티의 색깔이 다를까? 사실 키키봉 전에 후배가 먼저 사주를 봤다. 후배의 사주는 아예 악담이라고 해도 좋을 만큼 최악이었다. 안암거사님은 이직을 준비 중이었던 후배의 답답한 마음은 안중에도 없으셨다.

회사 옮기지 마세요.
(후배는 그저 그런 직장에서 괜찮은 직장으로 옮기기 일보 직전이었다.)
재물 운이 없으니 아끼는 법밖에 없습니다.
(검소한 후배는 실제 생활이 넉넉하지 않은 상태였다.)
앞으로 14년 동안 개미처럼 아껴야 간신히 전셋집이라도 구할 운명입니다.
(집을 사는 것도 아니고 빌리는 것이라니.)
방랑벽이 있으니 직업과 연결시키면 좋겠습니다.
(후배의 꿈은 여행사진가긴 했다.)
사주에 여자는 없네요. 달리 할 말은 없습니다.
(후배는 키키봉과 기껏 한 살 차이인, 역시나 노총각이었다.)

참 신묘하신 분, 안암거사님의 말씀을 빌리면 하얀 팬티는 재물 운을 보하고 빨간 팬티는 화를 다스린다고 했다. 빨간 팬티에 대한 조언을 들었을 때 키키봉이 잠깐 정신이 혼미했던 건 며칠 전의 일이 떠올랐기 때문이다. 대기업의 사보를 1년간 진행해달라는 의뢰가 들어왔었는데, 담당자와 의견교환 중 싸움이 일어났다. 프리랜서인 키키봉에게 1년간 고정보수가 보장되는 대기업의 일은 영양가가 꽤 높은 편이다. 프로로서 최선을 다하는 키키봉이지만 자존심도 둘째가라면 서러워 담당자의 안하무인 앞에서는 늘 전투모드였다. 당연히 일은 다른 사람에게 넘어갔고 이런 일은 프리랜서 생활 중 꽤 비일비재했다. 늘 그놈의 화가 문제였지만 프로의 까칠함이라며 애써 다독이곤 했던 터였다. 집으로 돌아가는 길, 후배의 얼굴에는 먹구름이 끼어 있었지만 키키봉은 들뜬 기분을 감추며 빨간 팬티를 어디서 살지 고민 중이었다.

마트와 속옷 가게를 뒤졌지만 남성용 빨간 팬티는 없었다. 실의에 빠진 키키봉은 혹시나 하는 마음에 인터넷을 뒤지기 시작했고, 그곳에 철지난 월드컵기념 빨간 팬티가 산삼처럼 있었다. 워낙 귀한 물건인지라 키키봉은 일곱 장의 빨간 팬티를 한꺼번에 주문했다. 며칠 후 빨간 팬티가 도착했고 빨간 팬티의 영험함은 오래지 않아 나타났다. 이곳저곳에서 일이 밀려들기 시작한 것이다. 키키봉이 사자마자 번지점프하듯 추락하던 아파트 값은, 번지점프 낙하 후 튕기듯 다시 오르기 시작했다. 심지어 싸우고 원수가 되어버린 지난 거래처에서 사과를 하며 다시 일을 맡아달라는 청탁까지 이어졌다. 까칠한 프리랜서에서 부처의 미소를 머금은 온화한 키키봉이 된 건 두말하면 잔소리다.

빨간 팬티의 활약상이 딱 여기까지였으면 좋았을 것이다. 그러나 햇빛의 은혜 뒤에는 언제나 그림자가 있는 법이다. 생각지도 못하게 빨간 팬티의 부작용이 생긴 것이다. 바로 파출부가 키키봉을 경계하기 시작했다는 것! 반듯하고 절제된 말과 행동으로 예쁜 여자 파출부를 간신히 안심시킨 키키봉이었다. 가끔 차 한 잔에 소소한 대화를 나누는 사이는 지극히 이상적인 파출부와 집주인의 관계가 아닌가. 성직자들도 선호할 회색 계열의 팬티가 자취를 감추고 건조대의 팬티들이 심란한 빨간색으로 모두 바뀐 바로 그날부터, 파출부에게 키키봉은 이상한 독신남이 되었다. 왜 팬티가 죄다 빨간색이냐고 차라리 물어봐준다면 안암거사님의 불가해한 신기에 대해 이야기해줄 텐데……

운명을 거역할 것인가 말 것인가. 빨간 팬티를 입을 때마다 키키봉은 햄릿이 된다.

냉장꿈

소주 한 잔을 마신다. 도! 오랜만에 만난 친구들이 정겹기만 하다. 두 잔을 마신다. 레! 서로의 안부를 묻고 이야기꽃이 탐스럽게 피어난다. 세 잔을 마신다. 미! 친구와 나누는 농담 속에 세상 시름들은 존재감을 잃어간다. 네 잔을 마신다. 파! 타임머신을 타고 서른다섯 살에서 스무 살 그때로 돌아간다. 다섯 잔을 마신다. 솔! 취기가 무르익어 깊은 밤을 날아간다. 여섯 잔을 마신다. 라! 소심한 키키봉이 호기롭게 2차를 부르짖는다. 누가 우정을 영원하다 했는가. 아내 핑계를 대고 친구 하나가 가면, 자식 핑계를 대고 누군가가 그 뒤를 따른다.

무릇 주도라 함은 도, 레, 미, 파, 솔, 라, 시, 도여야 한다. 도에서 시작했다면 주량껏 마셔 도로 끝나야 귀갓길이 산뜻하다. 2차를 가서 취기를 채우려는 키키봉의 '시도'는 솔로라는 이유로 길을 잃는다. 요즘 누가 갈 때까지 마시냐는 친구의 타박을 뒤로하고 키키봉은 비척거리며 집으로 향한다.

키키봉의 아파트 앞, 12시가 다 되어가는 시간인지라 불 켜진 집이 많지 않다. 키키봉의 집도 꺼져 있고 옆집도 꺼져 있다. 한데 불 꺼진 옆집에서는 사랑하는 부부가 꼭 껴안고 꿈나라에서 연애를 하고 있을 것 같다. 외로움에서 기인한 솔로의 자격지심일까? 기다리는 사람이 없는 집은 동굴 같다고 생각했다. 어중간하게 취한 날은 잠도 오지 않는다. 키키봉은 불도 켜지 않고 거실에 덩그러니 앉아 TV를 본다. 무감하게 채널을 돌리다 잔뜩 몸을 웅크린 채 홈쇼핑을 보는 키키봉은 괴기스럽기까지 하다. TV 속에서 쇼핑 호스트가 최신형 컴퓨터에 대해 열변을 토하고 있다. 술을 많이 마셨으면 그냥 잤을 것이다. 술을 안 마셨다면 역시 그냥 잤을 시간이다. 어중간한 취기에 어중간한 판단력이라, 누군가와 통화를 하고 싶었던 키키봉은 쇼핑 호스트에게 전화를 했고 잠깐의 통화 후 100만 원짜리 최신형 컴퓨터를 주문했다. 그렇다고 키키봉이 충동구매를 했다며 마냥 비난할 일만은 아니다. 어차피 에니악이라 불러도 좋을 지금의 컴퓨터를 바꿀 생각이었으니까.

혜미는 키키봉보다 한 살 어린 후배다. 카피라이터 모임에서 만나 인사를 나누다 기수는 다르지만 대학원까지 같다는 것을 알고 친해졌다. 죽이 어찌나 잘 맞는지 허름한 술집 좋아하고 저렴한 맛집 찾아다니는 취향까지 비슷해서, 이틀에 한 번꼴로 만나 술잔을 기울이는 사이다. 키키봉처럼 혜미도 혼자 살기 때문에 늦게까지 술을 마시는 날이면 키키봉네서 혜미가 자고 가거나 혜미네서 키키봉이 자고 온다. 물론 '자기 전, 술 한 잔 더'는 기본이다. 왜 안 사귀냐고? 혜미는 남자다. 부산이 고

향인 혜미는 아버지가 배를 타신다. 바닷가 사람들은 만선과 장수를 기원하며 배 이름을 정할 때 여자이름을 붙인다. 직업정신이 투철하셨던 혜미 아버지는 풍족하게 오래 살라며 아들에게도 여자이름을 붙이신 거다. 예쁘장한 외모의 꽃미남이라면 그래도 좀 나았을 텐데, 혜미는 우락부락하게 생겼다. 엔타시스 양식을 몸으로 실천하는 육중한 허리에 거대한 엉덩이를 씰룩거리며 다니는 혜미를 보고 혜미라고 부르는 것은 정말 곤욕이다.

혜미가 꿈에 나왔다. 일종의 돼지꿈이라고 생각한 키키봉은 복권을 살까 잠시 고민했다. 그러나 잠시 후 꿈 내용을 생각하며 머리를 갸우뚱했다. 길몽인지 흉몽인지 도대체 판단이 안 섰기 때문이다. 꿈은 현실의 연장선이긴 한가 보다. 꿈속에서 키키봉은 전날 산 컴퓨터 덕분에 경품으로 냉장고를 탄 것이다. 100만 원짜리 컴퓨터를 사고 100만 원짜리 냉장고를 경품으로 탔으니 분명 확실한 꿈이다. 그리고 그 냉장고를 덜컥 혜미에게 주기로 한 것이다. 꿈인데 무슨 짓을 못하랴. 꿈이어서 천만다행이라며 가슴을 쓸어내리고 있자니 전화벨이 울렸다.

형, 제세공과금 입금했어.

응? 하~암. 뭐라구?

뭐야? 다시 잔 거야?

으응…… 응. 그런데 제세공과금이라니?

완전 도둑놈들이네. 무슨 세금을 그렇게 떼?

……?

암튼 통장 확인해봐. 냉장고 정말 고마워. 잘 쓸게!

……!

〈수면의 과학〉이란 영화가 있다. 주인공이 현실과 꿈 사이를 모호하게 드나드는 영화다. 영화의 주인공과 빙의라도 일어난 건지 키키봉 역시 꿈과 현실의 경계가 모호했다. 키키봉은 인터넷으로 통장잔고를 확인했다. 입금이란 단어는 언제나 희망명사였는데, 모니터 속 거래내역을 확인한 순간 생전 처음 절망명사로 느껴졌다. 라마즈 호흡법이 뭐였더라. 힙! 힙! 훕! 키키봉은 황급히 핸드폰을 확인했다. 문자메시지함에는 홈쇼핑에서 보낸 경품 당첨메시지가 찍혀 있었다. 2시간 전 혜미와의 통화기록도 한을 듬뿍 담은 망자의 다잉메시지처럼 함께 있었다.

키키봉은 정신이 혼미했다. 울고 싶은데 웃음이 났다. 희로애락애오욕이 다 하나로 통한다는 생각이 들었다. 너무 슬프면 웃고 너무 기쁘면 웃고 너무 사랑하면 웃는 것이다. 키키봉은 갑자기 머리를 벽에 찧기 시작했다. 포유류가 낼 수 있는 가장 안타까운 슬픔의 포효를 하며. 왜 정상적인 교육 받고 정상적인 병역의무 마치고 정상적인 사회구성원이 되어서 정말 정상적이어야 할 때 비정상적인 선택을 하는지 안타까웠다. 냉장고를 산 지 얼마 안 된 키키봉에게 당연히 필요 없는 경품일지라도 이건 아니었다. 부모님의 냉장고는 지펠과 디오스가 난무하는 세상에서 아직도 오롯하게 골드스타였다. 새로 생긴 냉장고는 무조건 부모님에게 드렸어야 효자는 못 되도 자식 된 도리를 다하는 것이다. 혜미에게는 미안하지만 어쩔 수 없다.

다음날 키키봉은 혜미와 술 약속을 잡았다. 소심한 키키봉이 맨 정신으로 세상에서 가장 파렴치한 짓이라는 줬다 뺏는 일을 할 수는 없는 노릇이다. 디오니소스여, 키키봉에게 지혜와 용기를 주소서!

그렇지 않아도 술 한잔 사려고 했는데…….

응, 누가 사면 어떠냐? 우리 사이에!

키키봉은 특히나 힘주어 '우리 사이에'를 강조했다.

큭큭, 주변 사람들에게 형이 냉장고 준다는 얘기했더니 다 놀라더라. 요즘 그런 형이 어디 있냐며 평생 깍듯하게 모시라네.

으응…… 그런데 혜미야. 할 말이 있는데…….

어? 뭔데? 참, 이거 받아!

이게 뭐야? 향이네.

응. 나도 뭔가 줘야 할 거 같아서. 별거 아냐. 비싼 건 아니지만 그래도 그거 사느라고 백화점을 다 뒤졌다.

어어, 고맙다. 뭘 이런 걸…….

그런데 할 얘기가 뭐야?

완전히 혜미의 페이스다. 방심한 상태에서 뒤통수를 쳤어도 승산이 있을까 말까 한 싸움에서 혜미가 경계를 하기 시작한 것이다. 하긴 키키봉이라도 굴러 온 냉장고를 발로 차는 바보짓을 하지는 않을 거다. 키키봉은 유난히 쓴 소주를 거푸 들이켰다. 탐욕스럽게 안주를 집어 먹는 혜미의 얼굴 위로 부모님의 주름진 얼굴이 오버랩되었다. 우린 괜찮다, 우린 괜찮다, 우린 괜찮다……. 부모님의 목소리가 들리는 것 같았다. 혜미야 내놔라, 혜미야 내놔라, 혜미야 내놔라……. 키키봉의 음성은 목울대를 넘지 못하고 쓰디쓴 소주와 함께 쓸려 내려갔다.

집으로 돌아온 키키봉은 홈쇼핑 회사에 전화를 걸었다. 하늘은 스스로 돕는 키키봉을 돕는다. 아직 배송 전이라는 천상의 목소리가 수화기를 타고 넘어왔다. 키키봉은 비장하게 최후의 방법을 쓰기로 했다. 평소 혜미가 탐냈던 키키봉의 디카! 작은 것을 희생하여 큰 것을 취해야 한다. 50만 원이나 주고 사 애지중지하던 디카를 강탈당하는 것이 마음 아팠지만 냉장고 회수를 위해서는 어쩔 수가 없었다. 키키봉의 눈빛은 일본이 앗아간 문화재 회수를 위해 머리를 동여매고 혈서를 쓰는 애국자의 그것과 닮아 있었다.

캬! 역시 소주에는 감자탕이 딱이라니까.
저, 혜미야! 너 평소 때 내 디카 갖고 싶다고 했지?

키키봉은 가방 속의 자식 같은 디카를 만지작거리며 비굴하게 얘기했다. 혜미가 대답하는 순간 바로 건네며 냉장고와 전격 트레이드를 발표할 생각이었다.

응? 아, 맞다. 짜잔!

어? 너 그거 어디서 났어?

하나 장만했지. 공짜로 냉장고도 생겼는데, 돈 굳은 걸로 질렀어. 형 디카 바로 다음 모델이야. 화소도 이게 더 높을걸. 어때? 죽이지?

졌다! 혜미는 만면에 승자의 웃음을 머금고 이 순간을 기념이라도 하는 듯 연신 셔터를 눌러댔다. 이어지는 혜미의 확인사살.

어제 냉장고도 왔어. 배송기사가 그러는데 하도 재촉해서 서둘러 가져왔대. 내가 빨리 냉장고 받고 싶어서 홈쇼핑 회사에 전화 좀 했지. 큭큭. 물 마실 때는 가운데 개구멍 같은 문만 열면 돼. 그게 홈 바라고 했나? 두 손으로 냉장고 문 열어보긴 또 생전 처음이네. 형, 정말 고마워!

세상에 은혜를 베푸는 사람들은 두 종류가 있다. 태어날 때부터 마음이 넉넉하여 자신보다 남을 먼저 배려하고 챙기는 사람, 그리고 원치 않는데 피치 못할 사정으로 베풂을 강요당하는 사람. 키키봉은 최선을 다해서 위선의 껍데기를 벗어내려 했다. 그러나 그 껍데기는 소금 안 넣고 삶은 계란 껍데기처럼 키키봉에게 저항을 했고 결과는 참담했다. 집으로 돌아온 키키봉은 컴퓨터를 켜고 중고카메라 시세를 검색하기 시작했다. 디카를 팔고 얼마를 보태야 냉장고를 살 수 있을까. 키키봉은 문득 엄마가 보고 싶어졌다.

악취미

정성스럽게 연필을 깎습니다.

하얀 도화지에 마음 시키는 대로 그림을 그립니다.

그림을 완성하고 나면 겸손하게 한 번 더

똑같은 그림을 나무에 그립니다.

아직 액자를 준비할 때가 아닙니다.

그림도 화장처럼 지우는 것이 중요합니다.

마음 시키는 대로 그린 그림을

마음 비우고 파내야 할 때입니다.

사라진 그림에 슬퍼할 필요는 없습니다.

나머지 기특한 여백들이 그림의 빈자리를 기억하여

반드시 그림의 존재를 세상에 알려줄 것입니다.

그림을 지우면 여백이 그림을 말하고

여백을 지우면 그림이 여백의 희생을 발판 삼아

주인공이 되는 것을 목판화라고 합니다.

타인의 눈에 비친 자신의 모습을 발견하듯

채움과 비움의 미학으로 스스로를 돌아보게 만드는 목판화,

처음 만나는 판화가 목판화라는 것은

예술적 필연입니다.

—키키봉, 「판화단상」 중에서

사진? 요가? 수영? 클래식 기타? 키키봉은 고상한 취미를 갖고 싶었다. 하루가 36시간으로 느껴지는 독신의 토요일을 겨냥한 생각이었다. 누군가에게 전화를 받을 때 텔레비전 리모컨을 쥐고 수화기를 드는 것이 싫었다. 지금 뭐 하냐는 질문에 근사한 대답을 하고 싶었다. 뭐가 좋을까 고민하던 키키봉은 고상함의 울타리를 미술에 한정시켰다. 이젤 앞에서 오케스트라 지휘하듯 붓을 흐느적거리는 모습은 상상만으로도 흡족했다. 인터넷을 기웃거리며 홍대 앞의 취미미술학원을 검색해보니, 대부분의 과정이 데생 기초부터 시작한다. 폼 나게 아그리파를 그리는 것도 아니고 3개월 동안 사과나 밋밋한 상자를 그려야 한다.

키키봉은 키키봉을 잘 안다. 재미가 없으면 처음 품었던 열정과 의욕이 한 달을 못 넘기는 키키봉이다. 영어학원, 일본어학원, 기타학원, 피아노학원, 유도학원, 수영강습, 컴퓨터학원…… 모두 한 달을 넘기지 못했다. 키키봉이 싫증을 내지 않는 것은 오직 싫증뿐이다. 솔거의 후예들이 넘쳐나는 세상에 언제 아그리파를 넘어 스포트라이트를 받을 것인

가? 고상한 취미를 고르지 못하다가 키키봉은 우연히 헤이리에 갈 일이 생겼다. 그리고 그곳에서 판화와 조우했다. 판화! 고급스럽다. 식상하지 않다. 소개팅에 나가서 취미가 뭐냐는 질문에 영화감상 대신에 판화를 좀 합니다. 라고 하면 여자들이 '오! 멋진 당신과 결혼하고 싶어요' 라고 할 것 같았다. 에스키스, 리도그래피, 애쿼틴트, 메조틴트 등 용어에서부터 독신남의 취미에 걸맞은 고상함이 물씬 풍겼다. 이제부터 여가시간은 아틀리에에서 브람스의 음악을 들으며 예술혼을 불태우는 고상한 남자의 모습으로 채울 것이다. 키키봉은 헤이리에서 전시회를 하는 흐뭇한 상상을 하며 발걸음을 옮겼다.

키키봉은 홍대 앞 스타벅스에서 판화 과외선생님을 기다리고 있었다. 선생님이라고는 해도 아직 졸업도 하지 않은 판화과 학생이다. 게다가 여자다. M.C. 에셔의 판화기법을 공부하다가 사랑이 싹튼 30대 남자와 여대생의 아름다운 러브스토리! 키키봉은 혼자만의 로맨틱한 상상을 하다가 이내 고개를 저었다. 파출부를 불러놓고 집안일 하느라 더 바빠진 키키봉이 아닌가. 수상한 꿍꿍이는 자라나는 예술혼에 찬물을 끼얹는 행위다. 깍듯하게 선생님으로 모시며 판화에 정진하리라 다짐했고 그 결심은 잠시 후 나타난 과외선생님의 외모를 보고 더욱 견고해졌다. 판화 이외에 딴 생각이 전혀 안 날 것 같은 참 다행스러운 외모였다.

안녕하세요. 유영주입니다. 오래 기다리셨어요?
아뇨, 방금 왔습니다.

그런데 어떻게 판화를 배울 생각을 하셨어요?

네, 그게…… 그냥요.

보통은 공방에서 판화를 배우거든요. 판화 과외는 의외라서요.

아! 공방……. 판화를 가르쳐주는 학원이 없어서요. 공방에서 배우는 거구나.

뭐, 저야 좋죠. 아르바이트도 하고.

수업은 어떻게 진행을 하죠?

학교실습실에서 일주일에 한 번씩 하는 게 좋을 거 같아요.

네. 두 번도 괜찮은데…….

제가 숙제를 내드릴 건데 시간이 모자라실 거예요. 오늘은 첫날이니까 앞으로 배울 거 알려드릴게요. 아! 판화 배우려면 필요한 게 좀 있으니까 저랑 이따 화방에 가요.

수업은 목판화, 실크스크린, 석판화, 동판화 순으로 진행될 거라고 했다. 키키봉은 영주 씨와, 아니 과외선생님과 화방에 들렀다 집으로 돌아왔다. 에스키스를 하기 위해 스케치북을 샀고 연필과 색연필 세트, 조각칼, 롤러, 시나베니아, 트레싱지, 트레팔지, 파브리지오 판화지, 검정색 아크릴물감을 샀다. 낯선 단어들 속에서 고상한 취미의 시작이 실감났다. 친구와 갈빗살에 소주를 마시고 맥주 한잔을 더 마실 만큼의 돈이 들었지만 고상한 취미를 위한 투자라고 생각했다. 판화과에 입학하면 제일 먼저 하는 작품은 자화상이라고 했다. 과외선생님도 키키봉에게 자화상 숙제를 내줬다. 일찌감치 라면으로 저녁을 때운 키키봉은 거울을 보며 에스키스를 시작했다. 스케치북에 나타나는 얼굴과 거울 속의 모습 사이에서 어떤 연관성도 찾을 수는 없었지만 키키봉은 예술에 심취한 한 남자의 저녁풍경이 멋있다고 생각했다.

형, 뭐 해?

응, 에스키스 중이야.

키스 중이라고? 여자랑 있어?

이런 무식한 놈! 에스키스라고, 밑그림! 나 판화 배우잖아.

판화? 오! 멋진데. 맛집 하나 뚫었는데 소주 한잔 안 할래?

나중에 보자. 오늘은 예술에 취하련다.

암튼 부럽네. 판화도 배우고…….

나 바쁘다. 전화 끊자!

키키봉은 혜미에게 이런 전화가 왔으면 좋겠다, 라고 생각했다. 술 약속을 도도하게 거절하며 고상하게 사는 모습으로 혜미에게 으스대고 싶었지만 전화는 오지 않았다.

판화 과외 두 번째 수업 날, 홍대 실습실에서 자화상을 찍기로 했다. 목판을 파내는 것이 서툰 키키봉이 못내 답답했는지 과외선생님이 마무리를 해줬다. 과외선생님은 비록 학생이었지만 초보인 키키봉이 보기에 판화의 대가인 이철수와 동급이었다. 거침없이 조각칼을 움직이니 순식간에 그럴듯한 목판이 완성되었다. 과외선생님의 지시에 따라 키키

과외 수업중
직접 프린트한
티셔츠를 입은
키키봉

봉은 프레스기 위에 신문지와 판화지를 깔았다. 프레스기의 압력 맞추기와 잉킹처럼 노하우가 필요한 작업은 과외선생님의 몫이었다. 잠시 후 프레스기를 통해 키키봉의 첫 판화작품이 나왔다. 과정의 상당 부분을 과외선생님이 해결해줬지만 키키봉은 마치 혼자 한 것처럼 들떠 있었다.

기분이 어때요?

좋네요. 너무 재미있어요. 다음 주에는 뭐 해올까요?

재미있다니 다행이네요. 예술은 흥미가 제일 중요하거든요.

네. 목판에 있는 그림과 종이에 찍힌 그림이 다른 느낌이네요. 신기하네……

다음은 다색목판화 수업이에요. 주제는 자유!

네, 수고하셨습니다. 다음 주에 봐요.

아! 화방에 가야죠. 재료 혼자 못 사시잖아요?

재료요? 저번 주에 샀잖아요.

다색이니까 물감 더 사야 되구요. 새 목판이랑 앞치마도 하나 사세요. 아크릴물감은 옷에 묻으면 안 지워져요.

아! ……네.

과외선생님과 화방에 들른 키키봉은 빨간색과 파란색, 노란색 아크릴물감을 샀고 작업용 앞치마와 시나베니아, 판화지를 샀다. 그리고 인물 데생에 도움이 될 거란 과외선생님의 조언에 따라 스케치 모델용 피규어도 샀다. 취미생활에 돈이 제법 든다고 여겼지만 일을 조금 더 하면 될 거라고 생각했다. 이번 달에는 지난번에 작업했던 카피료도 들어올 것이기에.

서 실장님 계신가요?
네. 잠깐만요.
안녕하세요. 카피료 결제가 아직 안 되었네요.
아, 이거 죄송합니다. 저희도 광고주 결제가 아직 안 떨어져서요.
그럼 언제쯤 결제해주실 건가요?
글쎄요. 조금만 더 기다려주세요. 정말 죄송합니다.
네. 할 수 없죠. 뭐, 연락주세요.

카피료 결제가 늦어진다고 당장 굶는 것은 아니다. 키키봉은 수입이 일정하지 않은 프리랜서라 통장에 늘 일정 금액의 잔고를 유지시켜놓는데, 그 차원에서 판화 재료에 지출한 돈을 채워넣으려 했던 것이다. 비록 지출 많은 날들이 이어졌지만 고상한 취미를 가졌다는 사실에 만족했다. 키키봉은 빨리 다색판화를 찍고 싶었고 세 번째 수업이 이어졌다. 드디어 다색판화 수업 날. 다색판화 찍기는 단색판화와 달리 상당히 어려운 작업이었다. 커다란 프레스기에 조그만 목판을 넣다 뺐다 하며 서로 다른 색깔의 경계선을 맞추는 것이 생각대로 되지 않았다. 빨강과 노랑 사이에, 파랑과 초록 사이에 원치 않는 색깔들이 찍혀 나왔지만 과외선생님은 핀트가 약간 안 맞는 것도 판화의 로망이라며 격려를 해주었다.

확실히 다색판화가 어렵죠?

네. 그래도 단색판화보다 더 멋있네요.

다음 주부터는 실크스크린을 가르쳐드릴게요.

실크스크린이요?

티셔츠에도 찍을 수 있으니까 재미있을 거예요.

오늘 수업은 이만 하고 화방 가요.

또 화방에 가요?

실크사, 실크틀, 샤바리, 버킷, 스퀴즈, 직물용 잉크, 감광액, 탈막액, 돈, 돈, 돈……. 과외선생님과 화방 사이에 모종의 커넥션이 있는 것은 아닌지 의심이 들기 시작했다. 실크스크린용 에스키스를 위해 일러스트레이터 주디스 모레일의 〈피노키오와 피노키아〉를 모작하는 동안 키키봉은 슬슬 다음 수업이 두려워지기 시작했다. 고상한 취미를 위한 건지 미대 입학을 위한 고액과외를 받는 건지 도통 모를 일이었다. 기법별로 겹치는 재료는 오직 판화지뿐이었다.

실크스크린이 예쁘게 찍혔네요.

네.

판화 재료 사는 데 돈이 좀 들죠? 그래도 다행이에요.

뭐가요?

프리랜서니까 돈 많이 버시잖아요.

네? 꼭 그렇지만도 않은데…… 판화 재료쯤이야 뭐…… 흠…….

다음 주에는 석판화를 할 거니까 오늘은 뭘 사야 하나? 오늘은 살 게 많아서 적어 가야겠네요.

……!

화방에 들렀다 집으로 온 키키봉은 한숨을 내쉬었다. 석판, 아라비아 고무액, 수산蓚酸, 홍분가루, 헝겊, 스펀지, 유성펜, 석판용 잉크, 판화지를 넣기 위한 넓적하고 커다랗고 비싼 가방까지! 이미 건넌방에는 각종 판화 재료들이 불량한 세입자처럼 뻔뻔스럽게 자리를 차지하고 있었다. 무릇 예술가의 미덕은 가난함 아니었던가. 연필과 물감, 도화지만 필요할 것 같은 미술 속에서 판화란 놈은 돈맛을 아는 못된 부르주아였다. 우리나라에서 판화과를 졸업하고 판화를 계속하는 사람이 많지 않다는 과외선생님의 말이 생각났다. 모두들 등골이 휘어버린 탓이리라. 키키봉은 마침내 결단을 내렸다. 과외비는 과외비대로 깨지며 수업 때마다 판화 재료들을 한 아름씩 살 수는 없는 노릇이다. 핸드폰을 꺼내 과외선생님에게 문자를 보냈다.

갑자기 큰 프로젝트의 카피 일이 걸려서 과외수업을 그만둬야 할 거 같아요.

키키봉은 아직 뜯지 않은 석판화 재료들을 커다란 쇼핑백에 담기 시작했다. 화방 주인이 환불해줬으면 좋겠다는 애틋한 마음도 함께.

첫 수업은 목판화니까
스케치북과 연필, 색연필 세트,
조각칼, 롤러, 시나베니아, 트레싱지,
트레팔지, 판화지, 검정잉크 등을
준비하면 됩니다. 첨이라 준비할게
좀 많은 편이죠.

첫 수업

판화
과외선생님

오늘은 다색목판화라서
물감을 조금 더 사야해요.
새 목판이랑 앞치마도 하나
구입하시구요. 간단하죠?

두번째
수업

세 번째 수업

드디어 실크스크린이네요.
준비물은 실크사, 실크틀, 샤바리, 버킷,
스퀴즈, 직물용잉크, 감광액, 탈막액
등 입니다. 생각보단 간단하죠?

오늘은 석판화라서 준비할 게
좀 많네요. 우선 석판, 아라비아고무액,
수산, 홍분가루, 헝겊, 스펀지, 유성펜,
석판용잉크, 판화지를 넣을 가방이
필요하구요. 그다음으로는 · · ·

네 번째
수업

그만

마지막
~~네 번째~~
수업

· · · · ·

그만
그만
그만
그만
· · · · ·

오늘의 교훈 : 고상한 취미는 돈이 든다.

아마조네스

오빠, 생일 축하해!

형, 생일 축하해!

키키봉! 생일 축하해!

어? 생일인 거 어떻게 알았어?

뭐야? 은근히 기대한 거 아냐?

아냐! 정말 뜻밖이다. 감동의 물결인걸!

여기 생일선물!

키키봉은 술이나 마실 요량으로 나간 모 커뮤니티의 번개에서 서프라이즈 파티를 선물 받았다. 엄밀히 따지면 하루 남은 생일, 사람들 중 누군가가 단체문자를 날려 준비해준 것이었다. 대부분의 사람들이 키키봉의 직업을 의식해서인지 책을 선물해줬다. 제법 자주 만나 술을 마신 사이인지라 향수 따위의 선물은 받아도 남 준다는 것을 아는 사람들이다.

그런데 키키봉과 많은 얘기를 한 적 없는 한 여자 후배가 준비한 선물은 화장품이었다. 찬밥만 먹어도 이마에 송골송골 땀이 맺히는 키키봉은 화장품을 사용하지 않는다. 광고 속의 멋진 남자모델들처럼 샤워를 끝낸 뒤에 근사하게 스킨을 바르고 싶지만, 그런 과정을 거쳐 외출을 하면 스킨이 땀과 섞여 불쾌감만 주기 때문이다.

이건 무슨 화장품이야? 특이하게 생겼네.

응, 로션이야.

어디로 나오는 거지?

뚜껑을 열고 버튼처럼 이렇게 꾹 누르면 돼

오! 신기하다. 그런데 이거 바르면 미끄덩거리지 않나?

외출하기 전에 씻고 바로 발라봐. 괜찮을 거야. 그리고 이건 폼 클렌징!

폼 클렌징? 그게 뭐야?

오빠 비누 쓰지? 앞으로 비누 쓰지 말고 이거 써봐!

왜? 비누도 잘 쓰지는 않는데…… 알았어. 그래, 어쨌든 고맙다.

사람들과 새벽까지 술을 마시고 들어온 키키봉은 선물을 식탁 위에 아무렇게나 펼쳐놓고 잠이 들었다. 다음날 느지막하게 눈을 뜬 키키봉은 식탁 위의 선물을 흐뭇하게 바라봤다. 학창시절에 키키봉은 생일이 언제나 방학기간 중이어서 학기 중에 남들 생일만 챙겨주고 정작 자기 생일에는 손가락만 빨았다.

선물로 받은 책 속에는 귀여운 글씨체로 생일 축하 메시지들이 적혀 있었다. 하루키의 소설 『상실의 시대』에는 여자 주인공이 죽음에 대한 두려움을 얘기하는 장면이 나온다. 죽는 것이 무섭지는 않지만 자신이 죽고 사람들이 자신을 잊는다는 것이 두렵다는 내용이었다. 사람이 사람을 생각한다는 것은 무엇일까? 같은 시간대의 다른 공간에서 누군가는 밥을 먹고 책을 읽는 동안, 다른 누군가는 밥을 먹고 책을 읽는 그 사람을 생각한다. 급기야 짙은 그리움에 연애편지를 쓰면 받는 이는 생각해주는 고마움에 감동한다. 그때 나를 생각해주고 있었구나! 라고. 사람들이 생일선물을 고르는 모습을 떠올리자 키키봉은 어제의 벅찬 감동이 다시 피어올랐다. 가장 적절한 보답은 선물을 유용하게 쓰는 것이리라.

치약처럼 생긴 클렌징 폼을 쭉 짜서 얼굴에 펴 바른다. 물을 묻혀 세수를 하니 기분 탓인지 비누와는 다른 느낌의 거품이 나쁘지 않다. 푸푸 소리를 내며 하던 비누 세수와 달리 키키봉은 화장하듯 손바닥으로 문지르며 세수를 한다. 아마도 광고 어딘가에서 봤던 장면이 뇌리에 남은 탓이리라. 세수를 끝내고 거울을 본다. 평소와 별반 다를 바 없이 술이 덜 깬 부스스한 남자가 어색한 미소를 짓고 있다. 이어서 키키봉은 로션을 집는다. 이름도 알쏭달쏭한 허브 샐러드 크림이다. 샐러드는 먹는 건데…… 후배가 로션이라고 했으니 로션이 맞겠지. 뚜껑을 열고 하늘로 향한 버튼 같은 것을 누르니 가운데에서 녹차 아이스크림 같은 로션이 나온다. 왼쪽 볼에 조금 오른쪽 볼에 조금 이마에 조금 찍어 바른 후 마사지하듯 로션을 바른다. 역시나 광고의 힘이다.

생일파티를 한 지 일주일이 지났다. 거래처에 회의를 하러 갔더니 평소 가벼운 농담을 주고 받곤 했던 여직원이 너스레를 떤다.

카피님, 요즘 좋은 일 있으세요?

아뇨, 저야 뭐 늘 그렇죠. 왜요?

얼굴이 확 피신 거 같아요.

그래요? 아! 카피료 결제 늦어지는구나.

아니에요. 진짜로 얼굴이 좋아 보이세요.

그렇게 말해주시니 기분은 좋네요!

카피료는 오늘 입금될 거예요.

네, 감사합니다.

카피료가 결제된다는 소리에 키키봉은 혜미와 술 약속을 잡았다. 좋은 일 있으면 만나고 나쁜 일 있으면 만나고 아무 일 없으면 심심해서 만나는 혜미지만 그래도 이런 날이 좋다. 이왕 먹는 술이라면 기분 좋게 마시는 게 여러 모로 좋다. 술자리에는 혜미가 먼저 와서 술도 없이 안주를 먹고 있었다.

어, 형 여기야!

야! 같이 먹기 시작해도 더 많이 먹는 놈이 먼저 먹고 있냐?

한 젓가락 먹었어. 형도 어서 먹어!

이 집 골뱅이 무침은 두 젓가락이냐? 반밖에 안 남았네.

내가 형 거 남겨둔 거지. 어서 먹어.

형이라고 불리는 것 말고 형인 증거를 어디서 찾아야 하는지. 쩝!

어? 형 얼굴이 왜 그렇게 뽀얘졌어?

뭐? 얼굴이 뽀얗다고?

응. 파출부가 오이 마사지도 해줘?

야동 너무 보면 정신건강에 해롭다. 그런데 정말 뽀얘?

응. 누가 보면 30댄 줄 착각하겠는데?

뭐야!

푸헤헤!

키키봉은 집에 돌아와 거울을 보며 혜미가 괜한 소리를 한 건 아니라고 생각했다. 거래처 여직원도 인사치레는 아니었을 것이다. 보통은 언제 장가 가냐고 하거나, 이렇게 괜찮은 카피님이 왜 애인이 없냐는 둥 입에 발린 말을 했는데 오늘은 구체적으로 얼굴에 대해서 언급했다. 그렇게 생각하니 정말 피부가 깨끗해진 거 같았다. 볼에 손을 갖다 대니 느껴지는 부드러운 감촉……. 폼 클렌징과 허브 샐러드 크림의 효과가 나타나기 시작한 것이다. 이제는 깨끗하고 부드러운 피부가 여자들만의 전유물이 아니다. 메트로섹슈얼 스타들이 연예계를 점령하지 않았던가. 운동 싫어하는 키키봉에게 울룩불룩한 근육질이 언감생심이라면 고운 피부로 승부하는 것도 나쁘지 않다. 생전 로션 안 바르는 키키봉이었기에 더 확실하게 효과가 나타난 것 같았다. 롱코트에 하얀 피부, 옆구리에는 보들레르의 시집! 괜찮다. 그럴듯하다.

그 후 키키봉은 더 열심히 세안 후 과정에 공을 들이기 시작했다. 정신이 번쩍 들도록 찬물로 세수하던 습관도 따뜻한 물을 사용하는 걸로 바꿨다. 왠지 그러면 피부가 더 적극적으로 신비로운 미의 묘약을 받아들일 것 같았다. 그러나 무지는 낭비를 낳는다. 나중에 안 사실이지만 폼 클렌징은 조금씩만 써도 풍성하게 거품이 나는 제품이었다. 키키봉은 폼 클렌징을 샴푸처럼 푹푹 짜서 썼던 것, 허브 샐러드 크림도 많이 바를수록 좋겠다 싶어 아낌없이 피부에 양보했다. 어느새 바닥이 났고 키키봉은 직접 두 제품을 사서 써야겠다고 마음을 먹었다. 홍대 앞에서 매장을 본 것도 같았다.

　다 쓴 통을 들고 홍대 앞으로 간 키키봉. 입구를 시원하게 뚫어놓은 화장품 매장은 바깥에서도 안이 다 보였는데 온통 아마조네스였다. 사람들이 옷만 입었을 뿐 여탕이 따로 없었다. 스무 살짜리 상큼한 남자 대학생이 들어가 화장품을 산다면 여자 친구에게 주겠거니 할 것이다. 오히려 40대 아저씨가 들어가 산다면 딸 화장품까지 챙겨주는 신세대 아빠라며 긍정적인 시선을 받을 것이다. 그렇다면 키키봉은? 소심한 성격은 때론 불필요한 걱정을 양산하는 법이다. 이상하게 와서 꽂힐 시선들에 키키봉은 엄두가 나지 않아 근처 벤치에서 담배만 피우고 있었다. 손님이 하나도 없는 순간에 들어가 전광석화처럼 사서 나오리라. 그러나 토요일이었고, 2시간이 넘도록 그런 순간은 찾아오지 않았다. 호주머니 속 빈 화장품 통을 만지작거리며 키키봉은 발길을 돌렸다.

　비누로 세수를 하고, 아무것도 바르지 않는 날들이 이어졌다. 프로야구 선수가 배팅연습을 하지 않은 것처럼, 미대 지망생이 데생연습을 하지 않은 것처럼 불안한 날들이었다. 피부에 대한 직무유기! 키키봉은 대책을 궁리하기 시작했다. 사촌동생에게 부탁을 해볼까? 그러면 사촌동생은 작은엄마에게 얘기를 할 거고, 소문은 친척 어른들에게 다 퍼져, 혼자 살더니 이상해졌다고 수군거리겠지. 생일선물을 준 여자 후배에게 얘기를 해볼까? 역시나 커뮤니티에 소문이 퍼질 것이다. 혼자 살면서 여자 파출부를 부른다며 야릇한 시선을 보냈던 사람들은 자신들의 의심을 확신으로 바꿀 것이다. 팬티 색깔 운운하며 키키봉은 결국 그렇고 그런 놈이었다고 할 것이다. 좋은 방법이 없을까, 하며 고민을 하던 키키봉 앞에서 컴퓨터가 다소곳하게 쳐다보고 있었다. 그렇지! 인터넷 주문이 있었다.

키키봉은 선착순 공동구매라도 할 듯이 부리나케 컴퓨터를 부팅하고 해당 회사의 홈페이지를 열었다. 회원가입을 한 후 장바구니에 허브 샐러드 크림과 폼 클렌징을 담는 키키봉, 카드결제를 선택한다. 공인인증서를 선택하라는 안내에 따라 착한 어린이처럼 하나씩 클릭을 한다. 그리고 이어지는 메시지는 쇼핑이 완료되었습니다, 가 아니다. 에러! 에러! 에라이! 뭐가 문제인지는 키키봉도 모를 일이었다. 며칠 전만 해도 인터넷으로 밑반찬 10종 세트를 깔끔하게 주문했는데 오늘은 멀쩡하던 카드가 문제인지 결제 페이지에서 먹통이 되어버렸다. 키키봉은 신경질적으로 컴퓨터를 꺼버린 후 혜미를 만나러 갔다.

형, 무슨 안 좋은 일 있어?
도대체 되는 일이 없네. 아! 짜증 난다.

왜 그래? 또 차였어?

야! 내가 언제 차였다고 그래?

그런데 왜 그래?

그게 말야…… 아니다.

왜? 말해봐.

자초지종을 들은 혜미는 그게 뭐 힘든 일이냐며 자기가 사주겠다고 돈만 달라고 했다. 술과 안주를 그대로 남겨두고 키키봉은 화장품 가게로 혜미를 안내했다.

저기야. 저기서 허브 샐러드 크림이랑 폼 클렌징 달라고 해.

헉! 무슨 가게가 다 여자밖에 없어?

사준다며? 빨리 사와. 자 여기 돈!

형, 인간적으로 이건 아니다. 우린 대한남아야.

요즘 대한남아는 피부관리를 해야 한다.

내가 인터넷으로 주문할 테니 그냥 형이 돈을 부쳐주라.

쳇! 그러면서 무슨 큰 소리야!

저렇게 심한 꽃밭인 줄은 몰랐지. 어째 남자가 한 명도 없냐?

술이나 마시러 가자. 오늘 집에 가서 바로 주문해라.

응!

혜미와 술을 마신 후 집으로 향하는 길. 혜미는 인근에 후배들이 있다며 가봐야겠다고 놀랍지도 않은 배신을 했고, 키키봉은 불만족스러운 표정으로 화장품 가게 앞을 지나고 있었다. 가게 문을 닫을 시간이 가까워온 것인지 카운터에서는 종업원들이 정산을 하며 정리를 하고 있었고 몇 명의 여자들만이 화장품을 고르고 있었다. 술기운에 얼굴이 새빨갛게 달아오른 키키봉은 무언가 결심한 듯 걸음을 멈춰 섰다. 키키봉은 쉼 호흡을 크게 한 후 뚜벅뚜벅 화장품 가게로 들어가서 여직원에게 말했다.

허브 샐러드 크림이랑 클렌징 폼 주세요!

목욕재계

　'빛'은 홍대 앞의 조그만 술집이다. 호프집은 시끄럽고 클럽 가기는 미안하고 와인 바는 불편한 키키봉에게 빛은 참 기특한 술집이다. 저렴한 버드에다 강냉이 안주를 실컷 가져다 먹을 수 있고, 과일안주를 시키면 과도와 깍지 않은 과일을 내놓는 것이 정겹기만 한 술집이다. 외진 곳에 있어 사람들도 거의 찾지 않고, 선곡은 키키봉의 음악 코드와도 잘 맞아서 마음까지 편안해진다. 바쁜 일상에 지치면 들러서 버드로 마음을 축이는 곳, 말하자면 빛은 키키봉에게 오아시스 같은 마음의 보루다. 커플들이 팔짱을 끼고 거리를 점령한 화창한 토요일 오후에 키키봉은 혜미와 함께 일찌감치 자리를 잡고 술을 마셨다. 어둠의 자식들처럼.

　짐 모리슨은 욕조보다 비행기가 어울려.
　응?
　죽음 말이야.

짐 모리슨이 욕조에서 죽었어?

27살에 심장마비로 죽었다.

때를 심하게 밀었나?

······혜미야!

왜?

지금 짐 모리슨의 〈디 엔드〉가 흐르고 있잖아! 윌리엄 블레이크의 시를 떠올리지는 못할망정 기껏 때 타령이냐?

윌리엄 누구? 형 취했어?

그래, 취했다. 사이키델릭에 취했다!

키키봉은 문득 마약을 하고 싶다는 생각이 들었다. 돈을 벌기 위해 일을 하고, 멀쩡하게 살기 위해 결혼을 하고, 꿀리지 않기 위해 아파트 평수를 업그레이드해야 하는 현실. 지긋지긋한 30대의 웃옷을 벗고 지루한 일상의 지퍼를 내리고 싶었다. 익숙한 세상의 문을 열고 나가 새로운 세상을 만나고 싶었지만, 키키봉은 기껏 술집의 문을 열고 나가 새롭지 않은 화장실에 들어서야 했다. 하긴 혜미와 무슨 사이키델릭인가! 히포 같은 놈과 히피의 정신을 공유한다는 것은 애초부터 불가능했다. 남자들끼리의 술자리란 것이 다 그렇다. 휴가 나온 군바리들처럼, 항구 근처 대폿집의 뱃사람들처럼 성모마리아의 옷도 벗겨내는 것이 남자들의 술자리다. 주변의 여자들을 상상으로 희롱하고 100번도 넘게 했던 군대 이야기를 새롭게 각색하는 것이 고정 레퍼토리다. 키키봉은 거울 속의 키키봉과 힘없이 하이파이브를 하며 한숨을 토해냈다. 자리로 돌아오니 혜미는 열심히 무언가를 끼적이고 있었다.

　뭐 하냐?

　응? 아무것도 아니야.

　뭔데? 강혜미? 김태희? 이게 뭐냐?

　잠깐만 있어봐. 조실따사미생원…… 원한다. 조실따사미생원조실……

싫어한다.

　네가 드디어 미쳤구나. 뭐 하는 거냐니까!

　형, 조실따사미생원 몰라?

　난 널 모르고 싶다.

　어렸을 때 이거 안 해봤어? 조실따사미생원…….

　그러니까 그게 뭐냐구요!

　응, 일종의 이름 점인데 좋아하는 사람의 이름을 같이 쓰는 거야. 그런 후

에 겹치는 자음과 모음을 지우고 획수를 세는 거지. 강혜미랑 김태희는 기

역과 미음, 히읗, 이가 겹치니까 지우고…… 내 이름부터 세면 나는 김태희

를 원한다. 김태희는 나를 싫어한다. 하긴 천하의 김태희가 날 좋아할 리 없

지. 내가 이렇게 원한다고 해도…….

　…….

　키키봉은 혜미를 뜨악하게 쳐다봤다. 혜미는 언젠가 술에 취해 배고프

다며 키키봉의 감기약을 한 움큼 입에 털어 넣은 적이 있었다. 명동에서

만나기로 한 어느 날은 한 시간이나 늦어 이유를 물었더니 자전거로 남

산터널을 지나왔다고 했다. 키키봉은 가끔씩 혜미가 모자라는 아이가 아닐까, 란 생각을 하기도 했지만 설마 이 정도일까 싶었다. 냉장고를 사수하기 위해 현란하게 머리를 굴리던 혜미가 어느새 천진난만한 일곱 살짜리가 되어 맥주를 마시고 있었다. 대한민국은 미성년자가 음주를 하면 안 되는 나라다. 지금 미성년자보다 훨씬 어린 지능의 혜미가 술을 마시고 있다. 말려야 한다.

혜미야! 그만 마시고 가자! 너 취했다.

뭐야? 나 안 취했어. 얼마 안 마셨는데 뭐…….

네가 취하지 않고서 이렇게 유치한 행동을 할 리가 없어. 너 취했어.

재미로 하는 건데 뭐…… 형 좋아하는 사람 없어?

응, 좋아하는 사람 없어. 가자! 난 네가 창피하다.

그러지 말고 얘기해봐! 내가 봐줄게. 조는 좋아한다고 실은 싫어한다고 따는 따라다닌다…….

혜미야! 너 서른네 살이야.

사는 사랑한다. 미는 미워한다. 생은 생각한다. 원은 원한다…….

밖에 있을게. 계산하고 나와라!

'싫으면 시집가라, 바보는 바다의 보배, 원숭이 똥구멍은 빨개, 빨가면 사과, 사과는 맛있어, 맛있으면 바나나, 바나나는 길어, 길면 기차, 기차는 빨라, 빠르면 비행기, 비행기는 높아, 높으면 백두산, 백두산에 태극기'도 이보다 유치할 수는 없다. 유치의 극치였다. 유치한 걸로 치자면

획수를 세 이름 점을 치는 것도 용서할까 말까 한데 조실따사미생원은 또 뭐냔 말이다. 키키봉의 친구는 대학교에서 강의를 하기도 하고, 키키봉의 후배는 광고회사를 경영하기도 한다. 한 살 차이인 혜미라고 사회적 지위가 크게 차이 날 리 없다. 토요일 오후에 술집에 처박혀 서른다섯 살짜리와 서른네 살짜리가 얼굴이 벌게가지고 조실따사미생원이라니! 생각을 하면 할수록 취기보다 더한 화끈거림이 얼굴을 감쌌다.

형, 같이 가. 소주 한잔 더 해야지.
응. 한잔 더 해야지. 각자 집에서!
상의할 게 좀 있는데, 저 집 어때?
뭔데?

2차로 소줏집에 들어온 혜미는 뜬금없이 사업을 하자고 했다.

회사는 어쩌고?
그만둬야지. 사업 아니어도 그만두려고 했어.
동영상 강의 사이트를 만들자고?
응, 광고계 선배들의 살아 있는 UCC 강의 사이트!
아직 그런 게 없나?
광고학원은 많고 광고정보 사이트는 많아도 이건 아직 없어.
글쎄, 안암거사님이 사업하지 말라고 했는데……

리스크 제로 아이템이야. 다 몸으로 때우면 되는 거야.

난 지금 프리랜서 생활에 별 불만 없는데…….

그래도 한번 생각해봐. 후배가 사이트 구축해준다고 했으니까.

그래? 공짜로?

응, 형이랑 나는 웹 카피만 쓰면 돼!

확답을 하지 않은 키키봉은 혜미에게 더 고민해보자고 했다. 솔직히 새로운 일을 벌이는 것이 내키지 않아서 나중에 고사하겠다고 마음을 먹었지만 주제만큼은 괜찮았던 대화라고 생각했다. 30대의 대화란 것이 무릇 이래야 하는 것이다. 떨어지는 주가에 쓴 소주를 들이켜고 경제와 정치에 대한 이야기를 해야 한다. 새로운 사업 구상을 하고 아이템의 수익성 검토를 하는 키키봉과 혜미는 얼마나 의젓한가! 소주를 몇 잔 더 마시고 담배를 피우며 삶의 고단함에 대해 진지하게 대화를 한 후 키키봉은 혼자 집으로 돌아왔다. 혜미가 한잔 더 하자며 재워달라고 했지만 키키봉은 할 일이 있으니 다음에 마시자며 혜미를 돌려보냈다.

술을 진탕 마시고 온 날이면 키키봉은 옷을 아무렇게나 벗어던지고 침대에 쓰러져 죽은 듯이 잔다. 맥주를 여러 병 마시고 소주도 한 병 넘게 마신 오늘 같은 날 말이다. 그러나 키키봉은 집으로 오자마자 보일러를 틀고 목욕물을 받았다. 과음 후 온수 목욕이 건강에 안 좋다는 걸 알지만 상관없다. 키키봉은 욕조에 따뜻한 물이 채워지는 동안 책상을 말끔하게 정리했고 잠시 후 정갈하게 목욕재계했다. 새 옷으로 갈아입고 컴퓨터도 켜지 않은 채 책상 앞에 앉아서 등을 꼿꼿이 펴는 키키봉. 크게 숨을 내쉬며 호흡을 가다듬는다. 경건한 마음으로 하얀색 A4 용지 한 장을 책상에 놓고 평소에는 행여나 닳을까 하는 마음에 몇 번 쓰지도 않은 몽블랑 만년필도 꺼낸다. 흡사 난을 치는 고고한 선비처럼 키키봉은 무언가를 써내려간다. 다름 아닌 토끼처럼 귀엽고 예쁜 외모의 여자 후배 이름과 그 옆에 수줍게 자리하는 또 하나의 이름! 키키봉은 나지막하게 중얼거리기 시작한다.

조, 실, 따, 사, 미, 생, 원……

만선

탁 사부에게서 낚시를 가자고 연락을 받은 건 이틀 전이었다. 프리랜서 카피라이터인 탁 사부는 키키봉의 오래전 은사다. 카피학원에서 시작된 제자와 스승의 인연은 나이를 초월한 술친구로 발전하여, 이제는 한 달에 한 번가량 만나 술잔을 기울이곤 한다. 탁 사부는 인터넷에서 카피라이터 커뮤니티를 운영하시는데 뒤풀이 자리에 키키봉도 몇 번 초대를 받고 나가 거기 사람들과도 꽤 안면을 튼 상황이다. 이번에 커뮤니티에서 승봉도로 낚시번개를 떠나는데 참석하란 제의였다.

토요일 오전에 가서 일요일에 온다구요?
그래. 남자는 너랑 나뿐이다.
네?
어찌하다 보니 이번에는 멤버가 그리됐다.
토요일은 좀 곤란해요. 약속도 있을 거 같고……

혜미랑 술 마시는 거?

…….

이제 혜미랑 그만 어울리고 연애해야지?

혜미랑만 노는 건 아니에요.

암튼 예쁜 제자들도 많이 가니까 가자. 명령이다.

키키봉은 낚시에 제법 일가견이 있다고 자부한다. 어렸을 적 낚시광이셨던 아빠를 따라 몇 번 출조를 나간 적이 있었는데, 초등학교 3학년 때는 월척을 낚기도 했다. 보통 월척이라고 하면 30.3센티미터가 넘는 붕어를 얘기한다. 당시에 잡힌 붕어가 30.6센티미터였으니 평생 동안 월척 못 잡는 조사가 수두룩한 낚시계에서는 뉴스가 될 만한 일이었다.

흥분한 마음에 어탁을 뜬 후 3학년 4반이란 글자를 써넣은 철없는 실수 덕에 정식으로 액자를 만들어놓지는 못했다. 아쉽게도 이제는 증명할 길이 없지만 키키봉이 낚시에 탁월한 조력을 갖췄다는 건 엄연한 사실이다. 그러나 키키봉은 각종 설문조사의 취미난에 낚시라고 쓴 적이 없다. 낚시를 잘하고 좋아하면서도 낚시가 취미가 되지 못한 데는 말 못할 사정이 있다. 바로 물고기를 손으로 못 만지는 것이다. 개구리도 못 만지는 키키봉이 퍼덕대는 물고기 입에서 어찌 낚싯바늘을 뺄 수 있을까. 남들보다 작은 심장을 갖고 태어난 사람은 살아가면서 불편한 게 한두 가지가 아니다.

'예쁜 제자들과의 동행'이라는 탁 사부의 미끼를 덥석 문 키키봉은 승봉도로 가는 배 위에서 갈매기들에게 새우깡을 던져주고 있었다. 창공

에 새우깡을 던지면 갈매기들이 멋지게 활강을
해 서커스하듯 채가는 것이 신기하기만 했다. 손
이 가요, 손이 가! 콧노래를 흥얼거리며 새우깡
한 봉지를 거의 다 갈매기들에게 나눠줬을 즈음
에 누군가 말을 걸어왔다.

안녕하세요?

네? 안녕하세요!

아까부터 와 있었는데…….

아! 그러셨어요?

저번 술자리에서 봤는데 오빠 기억 못하시네요?

예, 아니 응…… 그랬었나? 그땐 사람이 많아서…….

네. 제 이름은 정비아예요. 이번에는 기억해주세요. 큭큭!

작년에 졸업을 한 비아는 현재 신사동에 있는 광고기획사의 2년 차 카
피라이터라고 했다. 프로야구 선수가 겪는 2년 차 징크스는 카피라이터

에게도 예외가 아닌가 보다. 비아는 카피 쓰는 것이 너무 힘들다고 얘기했다. 한 달에 간신히 책 한 권을 읽는 키키봉은 비아에게 좋은 책을 많이 읽으라고 충고해주었다. 회사에서 쓰는 카피 말고 필력을 높여줄 자신만의 글을 매일 쓰라는 충고도 잊지 않았다. 물론 키키봉도 서울로 돌아가면 글을 열심히 써야겠다는 다짐을 마음속으로 하면서 말이다.

승봉도에 도착하여 '일도네 민박집'이란 곳에 짐을 푼 키키봉 일행은 바로 낚싯배를 타고 만선의 꿈을 이루려 서해 바다로 향했다. 해가 지기 전에는 낚시를 마쳐야 했기에 서둘러 출항을 한 것이다. 어느 정도의 노하우를 필요로 하는 갯바위 낚시와 달리 배에서 하는 주낙은 초보자도 손쉽게 할 수 있다. 생계를 목적으로 하는 주낙은 낚싯바늘을 일정한 간격으로 많이 다는데 레저용 주낙은 낚싯바늘도 두세 개가 고작이다. 연세가 지긋하신 낚싯배의 선장님은 물고기가 많이 잡힌다는 포인트에 배를 멈추고 주낙으로 물고기 낚는 법을 설명해주셨다.
주낙은 얼레처럼 생긴 낚싯 도구에 미끼로 갯지렁이와 미꾸라지를 사용한다. 미꾸라지는 바닥에 패대기를 쳐 기절을 시킨 후에 낚싯바늘에 달고, 갯지렁이는 적당한 길이로 끊어 낚싯바늘에 달아야 한다. 어느 것 하나 만만한 것이 없었다. 여기저기서 징그럽다는 불만이 쏟아졌고 여자들에게 미끼를 달아주는 임무는 다행스럽게 탁 사부가 맡아주셨다. 키키봉은 차마 미끼를 달아달라는 소리를 못하였고 다른 사람들이 안 볼 때 바다 속으로 미끼 없이 낚싯 줄을 풀어버렸다. 사실 물고기가 잡혀도 고역이긴 마찬가지다. 미끼 없이 낚시를 하면 물고기 만질 일도 없을

터, 키키봉은 힐끔힐끔 비아와 다른 여자들을 훔쳐보며 행복감을 만끽하고 있었다. 낚시 오기 참 잘했다고 생각하는 순간 달콤한 평화를 깨는 천사의 음성이 들렸다.

오빠! 오빠!

응? 왜?

줄이…… 줄이…… 물고기가 걸렸나 봐요.

침착하게 조금씩 줄을 감아. 서두르지 말고!

네. 알았어요. 어? 어? 와! 잡았다!

우럭이네. 개시는 비아가 하는구나. 축하해.

고마워요. 오빠! 얼른 빼주세요. 또 잡아야지!

응? 빼달라고? 내가?

소고기를 먹는다고 키키봉이 소의 고삐를 뺄 만큼 용감한 사람은 아니다. 회를 좋아하지만 살아 있는 우럭의 입을 벌려 바늘을 뺄 만큼 용맹스럽지 않은 것도 사실이다. 키키봉 앞에는 외계 생물체같이 생긴 우럭이 아가미를 뻐끔거리며 쳐다보고 있었다. 키키봉은 가냘픈 비아 앞에서 먼 옛날 맘모스 사냥을 하고 돌아온 거친 남자이고 싶었다. 호감을 얻기 위해서는 호기가 필요하다. 키키봉은 사자와 싸우기 위해 투구를 쓰는 글래디에이터처럼 비장하게 목장갑을 세 개나 겹쳐 끼고 우럭에 손을 뻗쳤다. 설마 손바닥만 한 우럭이 키키봉을 잡아먹지는 않을 것이다. 거친 남자답게, 전사의 후예답게, 키키봉은 미키마우스 같은 손으로 바늘을 뺐다. 때마침 후들거리는 다리의 리듬에 맞춰 출렁거리는 파도가 고 맙기 그지없었다. 겨우 사투를 마치고, 한껏 오그라든 가슴을 애써 진정 시키고 담배를 한 대 물었더니 누군가 소리쳤다.

오빠! 저도 잡으면 빼주세요. 물고기 만지는 거 너무 무서워요!

악몽은 그때부터 시작되었다. 갯바위 낚시에서는 얼굴 보려면 한두 시 간을 기다려야 하는 물고기들이 자존심도 버린 채 초보 낚시꾼들의 바 늘에 연신 입술을 내주는 것이었다. 외계 생물체를 닮은 건 비단 우럭뿐 만이 아니었다. 횟집에서 먹음직스럽게 자태를 뽐내던 물고기들의 원초 적인 모습은 공포 그 자체였다.

오빠! 여기요!
으…… 응, 갈게!
이건 뭐예요?
글쎄, 회 뜨기 좋게 생긴 걸 보니 광어 아닐까?
오빠, 저도 잡았어요.
어? 주꾸미를 잡은 거야?
네, 너무 귀엽죠?
응, 그런데…… 어! 어! 움직이지 좀 말아봐. 바늘을 빼야지!
오빠! 여기두요.
오빠! 오빠!

오~빠!

본격적인 공포의 극한! 퍼덕거리는 물고기들은 키키봉의 손끝에서 아비규환을 연출했고 키키봉은 일종의 유체이탈을 경험했다. 쩔쩔매며 바늘을 빼고 있는 저 사람은 키키봉이 틀림없는데 그 모습을 쳐다보고 있는 나는 누구인가? 정신이 혼미했다. 주꾸미는 먹물을 쏴댔고 이름 모를 서해 바다의 물고기들은 가시 같은 지느러미를 표독스럽게 세웠다. 사람의 혀와 똑같이 생긴 혀를 지닌 물고기는 바늘을 빼는 동안 인간의 성대모사를 하는 것도 같았다. '비록 소주 한 잔을 위한 하찮은 안주 한 점으로 사라지지만 부레가 터지고 아가미가 찢기는 이 고통 기억하여 반드시 복수하리라.' 키키봉은 물고기들의 천추 어린 한에 애도를 표하며 찰나의 묵념과 기절을 반복했다. 빨리 숙소로 돌아가고 싶었지만 원망스럽게도 서해 바다의 해는 동력을 갖춘 인공위성처럼 자연의 섭리를 거역하며 제자리를 지키고 있었다.

불쌍한 오빠 좀 낚시하게 그만 귀찮게 해라!

탁 사부가 얘기해주시지 않았다면 키키봉은 아마도 바다에 뛰어들었을 것이다. 탁 사부님의 얘기를 듣고서야 사람들은 낚싯대를 거두고 수다를 떨기 시작했다. 선장님은 그동안 잡은 물고기로 회를 뜨기 시작했고, 키키봉은 한숨을 내쉬며 멀리 보이는 승봉도를 황망하게 쳐다봤다. 돌아가고 싶은 섬, 승봉도……

비아가 회를 먹으러 옆으로 오라고 했지만 키키봉은 갈 수가 없었다. 춤추는 심박수를 정상 수치로 돌리는 게 급선무였다.

응, 난 낚시 좀 할게. 맛있게 먹어!

키키봉은 그렇게 미끼 안 단 주낙을 잡고 낚시를 하는 척했다. 물고기도 제대로 못 만지면서 무슨 낭만적인 낚시여행을 꿈꾼 건지 바보 같기만 했다. 키키봉은 그저 빨리 주낙을 걷고 돌아가고 싶은 마음뿐이었다. 너무 피곤한 하루라고 생각했다. 몇 분이 흘렀을까? 꾸벅거리며 졸던 키키봉은 흠칫 놀라 자세를 바로잡았다. 뭐였지? 뭔가 움직임이 있었는데? 꿈을 꾼 것일까? 아무렇지 않게 토요일의 서해 바다를 만끽하고 있는 다른 사람들을 보며 손에 들고 있는 주낙을 보니까 줄이 갑자기 팽팽해진다. 미끼도 없는 낚싯바늘에 물고기가 걸린 것이다. 젠장! 다시 내키지 않는 바늘 빼기를 생각하며 물고기를 들어 올리니 사람들이 환호성을 질러준다. 아마도 뒤치다꺼리를 맡겼던 미안함의 발로이리라. 지금까지 낚았던 것과는 달리 희한하게 생긴 물고기를 물끄러미 보고 있자니 갑자기 선장님의 고함 소리가 들린다.

위험혀!

소리를 지르며 선장님이 키키봉에게 달려온다. 어안이 벙벙해 가만히 있는 키키봉의 손을 냅다 치시는 선장님. 갑판 위에 정체불명의 물고기가 떨어진다. 이어서 선장님의 인정사정없는 몽둥이질이 시작되었다. 순식간에 낚싯배의 갑판 위는 피범벅이 되었고 키키봉이 잡은 물고기는 처참하게 짓이겨져버렸다. 키키봉을 비롯한 일행은 너무 놀라 할 말을 잊고 멍하게 서 있었다. 그때 선장님이 가쁜 숨을 몰아쉬면서 말씀을 하셨다.

이놈이 장대란 물고기여!
장대요?
그려, 워찌 이런 걸 낚아서…… 오늘 운 좋은 줄 알어.
왜요?
이눔한테 쏘이면 그 자리에서 이틀 동안 혼수상태여.
네?
재수 없으면 깨어나지도 못혀.
…….

낚시를 끝내고 승봉도로 돌아가는 길. 장대의 피가 잔뜩 튄 키키봉을 피해 비아도 탁 사부도 다른 사람들도 낚싯배 후미에 몰려 있었고, 키키봉은 동공 풀린 눈으로 석양을 바라보며 나지막이 중얼거렸다.

오늘은 참 힘든 하루였어!

럭키 식스

키키봉은 매주 로또를 산다. 프리랜서로 일하기 전, 직장을 다닐 때부터 샀으니 어느덧 햇수로 3년째다. 로또를 사기 시작한 건 언젠가 막연하게 미래를 그려봤었기 때문이다. 월급의 일부분을 10년간 알뜰하게 저축해도 아파트 한 채 값을 모으기가 쉽지 않아 보였다. 일반 복권으로 1등 하는 건 남의 얘기 같았던 그때, 로또는 참 쉬워 보였다. 45개의 숫자 중에 6개를 맞히는 건 얼핏 보기에도 승산 있는 행운싸움이었다. 춘천의 어느 경찰관이 400억이라는 어마어마한 금액에 당첨되었을 때, 로또는 빛이고 희망이었다. 그렇다고 한 번에 10만 원어치를 산다던가 하는 무리한 구매를 하지는 않았다. 그저 소박하게 일주일에 5,000원어치 정도의 구매를 유지했다. 당첨되면 평생 부자가 되고, 안 돼도 일주일은 부자의 꿈을 꿀 수 있는 로또가 좋았다. 키키봉은 혜미에게도 로또를 권했다.

혜미야, 넌 꿈이 뭐야?

꿈? 글쎄…… 잘 먹고 잘 사는 거?

그에 대한 준비는 하고 있냐?

카드 값 메우기도 힘든데 준비는 무슨…….

쯧쯧, 무릇 젊음이란 미래가 있어야 하거늘 너는 어찌 그리 청춘이 어둡냐?

형은 뭐 뾰족한 수라도 있어?

난 너와 다르지. 나에게는 로또가 있다!

나도 형이 정말 로또 되길 바라지만 혹시 그거 알아?

뭐?

지구 면적과 형이 서 있는 면적을 기준으로 계산하면 벼락 맞을 확률이 나오는데, 로또 1등이 그거보다 힘들대.

키키봉은 계획을 수정했다. 로또 1등에 당첨된다면 혜미에게 작은 대폿집을 차려줄 생각이었다. 술 좋아하는 혜미가 돈 걱정 안 하고 술 마실 수 있고 키키봉도 아무 때나 공짜로 마실 수 있는 술집, 그러나 이젠 혜미에게 대포 한 잔도 안 사줄 생각이다. 1등 당첨을 위해 함께 새벽기도를 다녀도 시원찮을 판에 이런 식의 고춧가루 뿌리기는 괘씸했다. 백의 종군하는 심정으로 키키봉은 로또에 대한 의지를 불태웠다. 한탕주의를 위해서가 아니라 집 없고 힘든 사람들을 위해 사야 한다는 복권의 순수한 의미를 마음에 새기며 로또를 샀다. 그러던 어느 날! 드디어! 지성이면 감천이라고 했던가! 키키봉은 돼지꿈을 꿨다. 술 취해 들어간 어느 날, 아파트 거실에서 돼지가 거만하게 앉아 텔레비전을 보고 있는 꿈이었다. 아침에 일어나 꿈을 다시 생각해봐도 선명했다. 분명 로또 1등 꿈이었다. 당장 혜미에게 전화를 걸어 앞으로 벌어질 인생의 격차를 자랑하고 싶었지만 정오 12시 전까지 꿈 얘기를 하지 말아야 효력이 나타난다는 미신을 떠올렸다. 키키봉은 서둘러 옷을 갈아입고 집 근처 편의점에 가서 자동번호선택으로 평소의 두 배인 만 원어치를 샀다.

기운 내, 4등이 어디야?
분명 1등 꿈이었는데 이상하네.
만 원어치 사서 5만 6천 원 벌었으면 선방한 거야.
내가 지금까지 산 게 100만 원어치는 넘을 거다.
큭큭, 어려운 사람 도와주기 위해 사는 거라며?
혜미야! 사실 내가 어려운 사람이거든…….
100만 원이면 소주가 도대체 몇 병이야?

로또가 조작이라는 설이 있다. 이월이 되면 금액이 불어나는 로또의 특성상 당첨자 수도 늘어날 법한데, 언제부터인가 로또의 1등 당첨자 수는 일정했다. 인터넷에서는 로또의 1등 당첨자 수와 구매율과의 상관관계를 분석한 글이 올라오기도 했다. 키키봉도 로또가 조작일지 모른다는 생각을 안 한 건 아니다. 담배를 끊어야 한다는 기사를 보고 신문을 끊었다는 어느 개그맨의 우스갯소리처럼 키키봉이 로또에 대한 의혹을 품은 후 내린 판단도 우습긴 마찬가지다. 적어도 2등까지 조작을 하진 않을 거다! 그게 키키봉이 내린 소심한 결론이었다. 2등만 해도 1억 원에 가까운 당첨금을 받을 수 있으니 인생역전은 아니어도 생활역전은

가능하다. 그러나 로또의 여신은 키키봉의 끈질긴 구애를 거절했다. 로또의 여신은 기껏 4등 한 번 시켜주고 줄곧 불쌍한 키키봉을 찾아와서 일주일에 5,000원씩 수금을 해갔다. 시간이 지날수록 키키봉도 로또에 대한 뜨거운 연정이 식어가고 있었다. 생활에 바쁘면 로또 사는 일을 빼먹기도 하는, 희망 없는 날들이 계속됐다. 그러던 어느 날 예전에 헤어진 여자에게 한 통의 문자를 받았다.

오빠, 잘 지내? 나 결혼해. 어떻게 사는지 궁금한데 차나 한 잔 할까?

키키봉이 이런 문자를 받은 건 처음이 아니다. 몇 년 전에도 예전에 사귀었던 여자에게 결혼한다는 문자를 받고 밤새도록 소주를 들이켜고 그녀와의 추억을 게워냈던 적이 있다. 여자들의 이런 심리를 어떻게 이해해야 할까? 사랑을 결혼까지 발전시키지 못했던 키키봉에게 보내는 책망의 메시지일까? 결혼은 하지만 옛 남자와의 추억은 잊지 않고 마음에 담아 간다는 배려의 표현일까? 처음이 아니어도 싱숭생숭하긴 마찬가지였다. 문득 예전에 함께했던 순간들이 새록새록 피어났다. 5년 전이었는지 6년 전이었는지 기억이 가물가물하지만, 그녀 아버지와의 대면은 아직도 선명했다.
그녀의 아버지에게 인사를 드리러 갔을 때였다. 교제를 시작한 지 몇 개월이 지났고 아버지의 호출에 불려간 자리였다. 그녀의 아버지는 젊었을 때 서울대학교에 합격하고도 집이 가난하여 총신대에 입학한, 바로 명문대에 한이 맺힌 사람이었다. 그녀의 두 남동생은 서울대에

다니고 있었고 공부를 비교적 못한 편이란 그녀도 지방 명문대 출신이
었다.

자네는 무슨 일을 하고 있나?

광고회사를 다니고 있고, 하는 일은 카피라이터입니다.

광고회사라면 삼성기업 계열사인 제일기획을 말하는 건가?

아니요. 강남에 있는 조그만 회사입니다.

흠…….

…….

자네는 어느 대학을 나왔나? 아버님은 어느 대학을 나오셨나? 어머님은?
형은? 누나는? 큰아버지는? 작은아버지는?

당시에 키키봉은 어쩌면 장인어른이 될지도 모를 그분에게 주먹다짐
을 하고 싶다는 충동을 느꼈다. 귀한 딸 내줘야 할 사람이기에 학벌을 중
시한다는 것까지는 이해를 했지만 부모님과 형제, 누이, 친척까지 들먹
이는데 피가 거꾸로 솟는 것 같았다. 탁자 밑으로 꽉 잡아준 그녀의 손이
없었다면 정말로 무슨 일이 벌어질지도 모를 상황이었다. 이렇게 서울
대 귀신에 씐 사람의 딸을 아내로 삼을 수 있을까? 그러나 키키봉의 불
안은 기우였다. 그녀 아버지의 반대와 무관하게 키키봉은 그녀와 헤어
졌는데, 이유는 그녀 집안의 몰락이었다. 사기를 당해 집안이 망했고 그
녀가 실질적 가장이 된 것이다. 월급을 차압당하며 집안 살리기에 전력
을 쏟는 그녀에게 사랑은 사치였다. 키키봉과 그녀는 현실의 무게에 짓

눌려 잦은 싸움을 했고 결국 각자의 길을 떠났다. 키키봉은 그렇게, 씁쓸했던 지난날의 사랑을 반추하며 그녀와의 약속장소로 향했다.

오랜만이다!

오빠 그대로네.

너도 예전 그대로야. 여전히 웃기게 생겼네.

오늘 마지막으로 보는 거야. 좀 진지해줄래?

아! 미안…….

어떻게 지내? 결혼은?

뭐, 그렇지…….

오빠도 결혼해야지?

아버님은 건강하셔?

응.

집은 좀 어때? 얼굴은 좋아 보이는데…….

응, 그게…… 사람이 죽으란 법은 없나 봐.

아버님이 재기하신 거야?

아니. 로또에 당첨됐어!

축하해. 로또에…… 뭐? 로또에 당첨됐다고?

응, 2등!

이어진 그녀의 이야기는 한 편의 반전드라마였다. 쫄딱 망했던 그녀의 아버지는 마지막으로 몇천만 원을 친척에게 변통하여 작은 사업을 시작했는데, 그것마저도 망했다고 했다. 급기야 아파트 전세금마저 날려 집안은 회생불능. 가족 한 사람당 몇 개의 신용카드를 발급받아 현금서비스로 생활을 하고 빚을 갚고 빚을 늘려갔다는 것이다. 수십 장의 카드를 돌리는 것도 한계에 다다르자 방법이 없었다고 했다. 수백만 원짜리 빚이 수십 군데에 깔려 어느덧 빚이 1억 원 가까이 육박했고 그녀의 아버지는 10만 원어치의 로또를 샀다고 했다. 그중 몇 개가 5등에 당첨되자 모두 로또로 바꾸었고 그다음은 4등, 다시 모두 바꾼 것 중 하나가 2등에 당첨된 것이다. 세금을 제하고 8,000만 원가량의 당첨금으로 대부분의 빚을 갚은 그녀의 집안은 보증금 500만 원에 월 20만 원 하는 어느 상가건물에서 살고 있다고 했다. 남동생이 사시 1차에 합격하고 2차를 준비하고 있고…….

정말 잘됐다.

응. 아직도 믿기지 않아.

당첨되는 사람이 있긴 있구나.

가족들끼리 모여서 다 같이 울었어. 당첨 안 되면 내 결혼이고 뭐고 다 같이 죽으려고 했었거든.

정말 축하해. 결혼도 로또도!

키키봉은 자신이 1등에 당첨된 것보다 더 기뻤다. 행운과 행복이 어디 가난한 사람들의 몫인 적이 있었던가? 자동차를 사면 자동차를 경품으로 받을 수 있지만 시장에서 싸구려 아이 옷을 사는 가난한 이들에게 행운은 없다. 그저 1,000원이라도 더 깎아야 하는 힘겨운 에누리가 함께할 뿐이다. 돈이 없어 공부를 계속할 수 없었던 어느 아버지와 20대 중반의 꽃다운 나이에 가장이 되어 연애를 멀리했던 딸, 없는 돈으로 찬거리를 마련해야 했던 어머니와 공부하는 것만이 효도라며 열심히 밤을 샜던 두 아들! 말 많고 탈 많은 로또의 행운이 그들에게 허락된 것이 통쾌했다. 키키봉은 지난 앙금을 걷고 그녀의 아버지가 아무쪼록 잘 풀리기를 기도했다. 더불어 그녀와 그녀의 옆을 든든하게 지켜줄 어느 남자의 앞길에도 마음속으로나마 축복의 헌화를 했다. 키키봉이 세상 때를 걷어 낸 선량한 표정으로 흐뭇하게 이야기를 듣고 있자니 그녀가 갑자기 궁금한 듯 질문을 했다.

그런데 오빠는 로또 사?

사회화

오징어 얼마예요?

두 마리에 3,000원! 뭐 해드시려구?

오징어볶음밥이요.

오늘 물 좋은데 네 마리 들여가. 5,000원에 해줄게.

혼자 살아서 다 못 먹어요. 두 마리만 주세요.

아침에 3분 카레를 먹고 점심에 3분 짜장을 먹은 키키봉은 모종의 결심을 했다. 사회적으로 불고 있는 웰빙바람을 더 이상 외면해서는 안 될 것 같아서였다. 레토르트 식품은 이제 그만! 키키봉은 음식다운 음식을 먹고 싶었다. 인터넷을 뒤져 알량한 요리 실력으로 타협한 것이 오징어볶음밥이었다. 일견 만만해 보인 오징어볶음밥 재료를 레시피에 따라서 사온 키키봉이 요리를 시작한 시간은 저녁 여섯 시. 냉동실에 얼려두고 라면 등에 넣어 먹을 요량으로 키키봉은 많은 양의 양파와 파, 당근을 잘

게 손질했다. TV의 요리 프로를 보면 뚝딱뚝딱 5분도 안 걸리던 야채 손질이 단지 키키봉이 한다는 이유로 1시간을 훌쩍 넘겼다. 오징어볶음밥에 사용할 소량의 야채를 남겨두고 나머지를 냉동용기에 담아 냉장고에 재워두니 1년 양식을 비축이라도 한 듯 마음이 든든했다. 다음은 오징어 다듬기! 마트에서 내장은 발라줬지만 껍질을 벗겨야 한다. 인터넷에서는 소금이나 밀가루로 껍질을 벗기라고 했는데 아쉽게도 찬장에는 아무것도 없었다. 게다가 파스에 붙어 있는 종이 스티커 정도로 생각했던 오징어껍질은 생각보다 호락호락하지 않았다. 끙끙대며 벗기고 있자니 어느덧 시간은 8시 45분. 허기는 잠잠해지고 오기가 발동하기 시작했다. 된장을 제외한 모든 양념을 동원해 양념장을 만들고 김치를 썰어 밥과 함께 볶기 시작하니 제법 그럴듯한 냄새가 났다. 상을 차리니 시계는 10시를 가리키고 있었다. 그러나 네 시간을 투자한 각고의 노력에도 불구하고 저녁, 아니 야식의 맛은 형편없었다. 아마도 패인은 간장을 따를 때의 스냅 조절이 아닌가 싶었다. 데리야끼소스 볶음밥도 아닌데 시커먼 오징어볶음밥이 웬 말인가! 들락날락하고 있던 허기가 다시 나가기 전 칼 같은 타이밍으로 허겁지겁 오징어볶음밥을 먹고 있을 때였다. 도균이형에게 전화가 온 것은 바로, 그 때였다.

잘 지내나?

누구세요?

나야 나! 김도균!

김도균? 김도균? 아! 도균이 형!

키키봉의
월빙라이프

바야흐로 때는
Well-being 시대!
레토르트 식품으로 점철된
한심한 식습관은 이제 아듀!

오늘은
오징어 볶음밥

장봤음

야채다듬기
1시간

오징어다듬기
1시간and...

3시간만에
그럭저럭
요리완성!

요리프로에선
쉽게들 잘
하던데

끄응!

아야
살살

휴~

이제
먹어볼까? ......

......

우우씨

의욕만으로는
안 되는 거구나
웰빙....

끝

그래. 인마!

살아 있었어? 난 형이 죽은 줄 알았어!

어떻게 지내냐? 소주 한잔 해야지?

도균이 형은 10년 전쯤 키키봉과 같이 광고학원을 다녔던 동기 형이다. 키키봉보다 서너 살 많았던 걸로 기억하는데 집이 꽤 부유했고 오로지 놀기 위해 학원을 다니는 듯했다. 학원을 다닐 때도 9살이나 어린 여자랑 눈이 맞아, 매일같이 데이트하러 학원에 나왔던 사람이 도균이 형이다. 키키봉도 그렇고 도균이 형도 그렇고 그때는 제법 친해서 같이 술도 많이 마시곤 했었는데 종강을 하면서 자연스럽게 연락도 끊겼었다. 그런 도균이 형이기에 뜻밖의 연락이 반가우면서도 내심 걱정이 되기도 했다.

어른이 되고 난 후 알게 된 건 보통 이런 식의 연락에는 불순한 의도가 숨어 있는 경우가 많다는 것이다. 결혼이나 돌잔치 같은 이유 말이다. 물론 이런 이유가 불순한 의도라고 하면 너무 각박한 것 아니냐고 할 수 있겠지만 생전 연락 안 하다 아쉬운 순간에 찾는다는 것이 얄미운 것 또한 사실이다. 키키봉은 부디 도균이 형이 그간 소원했던 동생이 보고 싶어 연락했기를 바라며 술 약속을 잡았다.

도균이 형!

어. 여기야. 야, 반갑다!

정말 오랜만이네. 거의 10년 만이지?

그래, 동생인 네가 연락 좀 하지. 뭐했나?

미안해. 먹고살기 바빠서 그랬지. 뭐.

어떻게 지냈냐?

나야 카피라이터 하지.

기어이 됐구나. 하긴 넌 될 줄 알았어.

형은? 광고회사 다녀?

난 친구랑 연예기획사 하다가 말아먹고 지금 이거 한다. 자, 명함!

MDRT LP 김도균? 이게 뭐야?

라이프 플래너지. 뭐…….

라이프 플래너면 보험 설계사?

키키봉은 명함을 받는 순간 위험을 감지했다. 오랜만에 연락을 한 이유가 이것이었구나, 란 생각이 드니 적잖은 실망감도 밀려왔다. 키키봉은 한 달에 10만 원씩 꼬박꼬박 보험료를 내고 있다. 그것도 친구의 친구의 친구의 부탁으로 든 보험이었다. 키키봉은 보험료를 내면 나중에 돌려받는 것인 줄 알았다. 그러나 복잡한 약관을 면밀히 검토한 결과 다치거나 죽지 않는 이상 제대로 돌려받기는 힘든 것이 보험료라는 걸 알았다. 다시 말해 멀쩡하면 손해 보는 것이 보험이다. 다치면 아파서 슬프고 안 다치면 돈이 나가 슬픈, 보험료를 내는 건 바보 같은 짓이다. 키키봉은 정신을 바짝 차려 위기상황을 극복하자, 라고 다짐했다.

카피라이터는 할 만해?

(재정 수준을 알아보려는 수작?)

죽을 맛이지. 뭐. 괜히 프리랜서 했나 봐.

(불확실한 수입을 알린 적절한 멘트기를!)

회사를 다니는 게 아니구나!

응. 내가 또 회사 체질은 아니잖아.

결혼 아직 안 했어? 너도 이제 앞날을 준비할 나인데⋯⋯.

(자연스럽게 보험 권유를 하기 위한 우회전략?)

난 내일 안 믿잖아. 최선을 다해 오늘만 생각하며 살자! 내 모토야.

자식! 술이나 먹자. 정말 반갑다!

(오늘은 잣나무 가지 꺾으며 술을 마셔야겠군!)

키키봉은 기선제압에 성공했다고 생각했다. 공격의 예봉을 미리 차단한다면 후회로 점철될 보험 계약서를 집에 갖고 가지 않아도 된다. 그나마 키키봉의 마음을 편하게 한 건 도균이 형의 상황이었다. 안 본 사이 유명 여배우의 코디네이터와 결혼한 도균이 형은 형수가 돈을 더 많이 번다며 은근한 자랑을 했고 며칠 전에는 사장님들이나 타는 중형차도 새로 뽑았다고 얘기했다. 키키봉 하나쯤 보험을 들지 않아도 도균이 형이 먹고사는 데 지장이 있을 것 같지는 않았다. 아무쪼록 페이스를 유지하며 지금처럼 귀가할 때까지 파이팅이다.

끄윽, 야! 2차 가야지?

그럼, 이게 몇 년 만인데, 오늘은 달려야지!

그래. 계산서 어디 있냐? 나가자!

어, 내가 계산했으니까 2차는 형이 쏴!

계산했다고? 네가? 왜?

아무리 대한민국이 동방예의지국이라고 해도 술값을 모조리 도균이 형에게 떠넘기기에는 상황이 위험하다. 1차와 2차를 다 얻어먹고 보험 계약서를 밀쳐낼 만큼 키키봉이 뻔뻔스러운 사람도 아니다. 사나이라면 큰일을 위해 작은 것을 과감히 포기할 줄도 알아야 한다. 지금 키키봉에게 주어진 미션은 반가움만으로 도균이 형과의 술자리를 채워 그 어떤 불순한 거래 없이 순수하게 헤어지는 것이다. 뚱한 표정의 도균이 형은 소줏집을 나와서 제법 근사한 바로 키키봉을 안내했다. 잠시 후 좀 더 진솔한 얘기가 술자리 안주로 테이블에 자리 잡기 시작했다.

결혼생활은 어때? 형수가 예뻐서 매일매일 해피데이겠네?

넌 결혼하지 마라. 어떻게 된 게 결혼하니 더 외롭냐?

왜? 성생활에 문제라도 있어? 아님 형수가 때려?

그냥, 먹고살기가 힘들다. 보험영업도 지긋지긋하고.

도균이 형의 영업본색이 시작되었다. 1차 술값을 낸 게 오히려 넉넉한 생활상으로 비춰져 화근이었을까? 술이 거나하게 들어간 도균이 형은 본격적인 신세한탄을 늘어놓았다. 보험아줌마 가라사대, 남편이 갑자기 죽고 애는 매일 빽빽 울어대고…… 이 얼마나 드라마터지적인 상황인가! 예상경로로 들어오는 공격은 매복 후 적절한 대응이 가능하다. 키키봉은 침착하게 더 큰 생활고의 향연으로 도균이 형에게 카운터펀치를 날렸다.

형은 그래도 행복한 고민이야!

왜? 너 무슨 문제 있냐?

나 무리하게 대출 끼고 얼마 전에 아파트 장만했잖아.

그럼 해피해야지, 왜?

아파트 값은 떨어지고 대출 금리는 오르고 일감은 별로 없고…….

많이 힘드냐? 광고회사 다니는 친구 있는데 일 좀 연결시켜줘?

아니! 인맥으로 공과 사 구분 못하는 거, 난 딱 질색이더라!

그래. 기운 내라!

…….

야, 우리가 무슨 양주냐? 소주나 더 먹으러 가자!

인맥 운운했던 마지막 멘트는 참으로 군더더기 없는 공격이었다. 그러나 승기를 잡았다는 격앙된 생각으로 키키봉은 께름칙한 실수를 했다. 나름 굳히기 공격이라 생각하고 2차를 계산했는데 술값이 제법 나온 것이다. 그래도 공허하게 한 달에 10만 원씩 보험회사에 상납하는 것보다는 낫다고 생각하며 도균이 형 뒤를 따르는데, 전혀 예상 밖으로 갑자기 마음이 짠해졌다. 축 처진 도균이 형의 어깨 위로 세파에 찌든 키키봉이 탐욕스럽게 걸터앉아 있는 것이 아닌가!

예전에 술 마실 때는 누가 술값을 내든 중요하지 않았는데, 흉물스럽게 기성세대가 되어버린 키키봉의 모습에 토악질이 날 것 같았다. 물론 울컥한 감정의 원흉은 취기였으리라. 술만 마시면 스멀스멀 솟아나는 휴머니즘이 역시나 문제였다. 돈보다 사람이다. 성공보다 우정이다. 그놈의 취기, 혹은 치기! 3차로 찾은 허름한 소줏집에서 키키봉은 말문을 열었다.

끄~윽, 뭐냐? 형! 뭐야!

왜 인마! 취했냐?

어깨 좀 펴라! 아직 마흔도 아닌데, 우린 청춘이닷!

누가 뭐래? 술이나 마셔!

좋아. 좋아. 좋다구! 내가 보험 하나 든다!

보험? 술 잘 먹고 웬 봉창이냐?

내가 오늘 형, 실적 하나 올려준다!

너 돈 많아? 내 고객 거의 사장님들인데…….

명함에 있던 MDRT를 왜 안 물어봤을까? 100만 달러 어쩌구 하는 MDRT는 우리나라 상위 2%의 보험영업인이란다. 고객 한 사람당 월 100 이상의 투자형 보험상품을 취급하는 도균이 형에게 키키봉은 처음부터 고객 후보가 아니었다. 기억을 더듬어보니 도균이 형 아버지는 의사였고 집도 청담동이었다. 인맥으로 돌아가는 대한민국에서 얼마나 부티 나는 고객이 도균이 형 주변에 넘쳐나겠는가! 쥐가 고양이, 아니 호

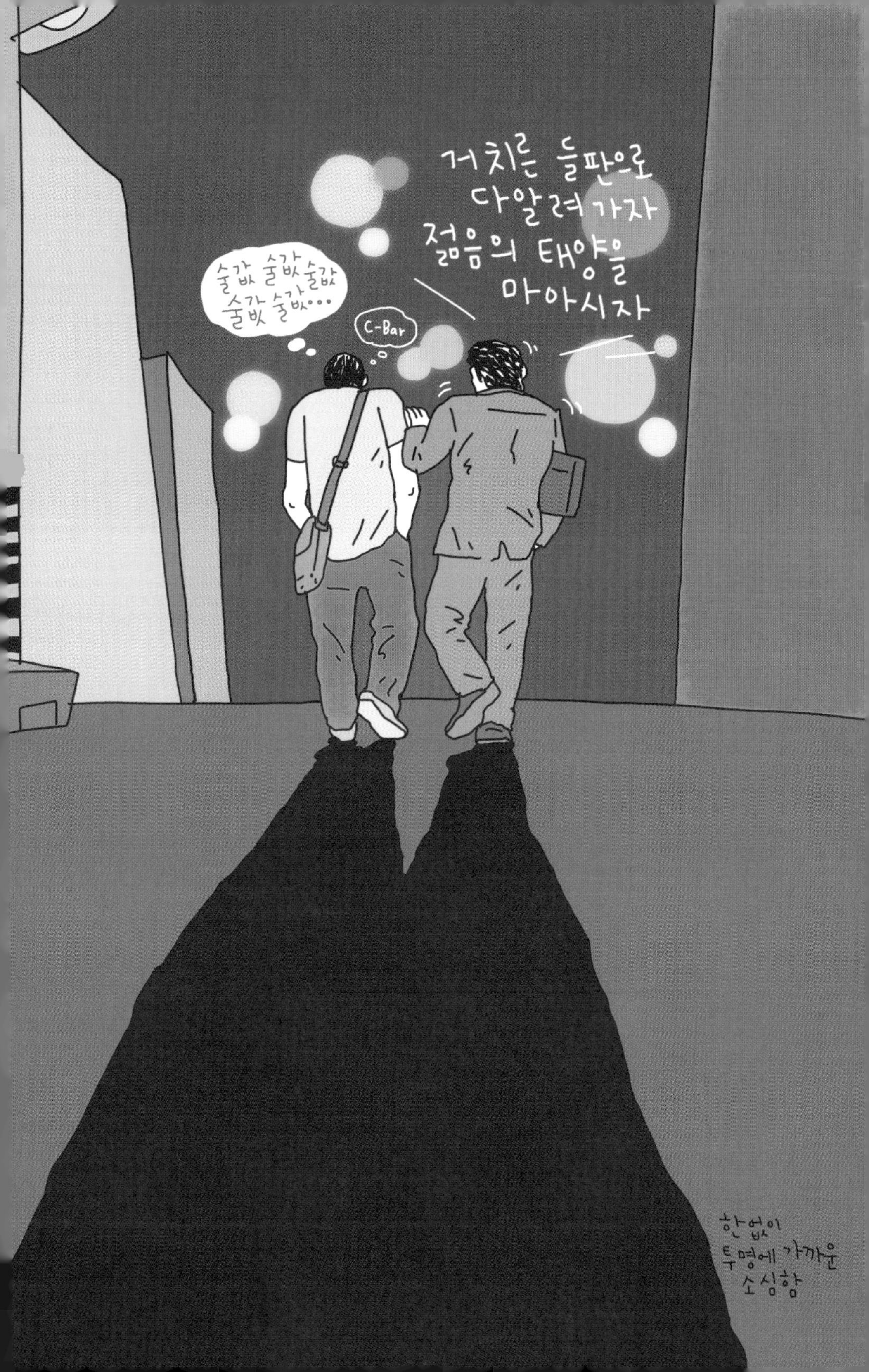
술값 술값 술값
술값 술값...
C-Bar
거치른 들판으로
다알려 가자
젊음의 태양을
마아시자
한없이
투명에 가까운
소심함

랑이 생각한 격이다. 도균이 형과 헤어지고 집으로 돌아오는 길, 허름한
소줏집에서 카드를 받지 않아 현금이 없었던 도균이 형 대신에 3차 술값
까지 계산한 키키봉의 어깨는 유난히 축 처져 있었다.

가출

아버지가 땅에 있다.

아들이 하늘에 있다.

아버지가 올라간다.

아들이 내려간다.

아들이 일어난다.

아버지가 떨어진다.

아들이 그네를 타러 가고

아들이 미끄럼틀을 타는 동안,

아버지는 아들 그림자와

시소를 탄다.

—키키봉, 「아버지와 시소를 타다」 중에서

키키봉은 한 달에 한두 번 신림동의 부모님 댁에 간다. 모양새야 부모님이 건강하게 잘 계시는지 자식 된 도리로 뵈러 가는 거지만, 방문 주기가 김치와 밑반찬이 떨어질 때와 맞물리니 자식 키워봐야 다 소용없다는 말은 키키봉에게도 남의 말이 아니다. 독립을 하고 나서 처음 몇 달 동안에는 주말마다 정기적으로 갔었는데, 일이 몰렸던 요즘에는 한 달을 넘게 가지 못했다. 가끔 어머니에게 전화가 왔지만 늘 무뚝뚝하게 용건만 간단히 통화를 했었던 것 같다. 밥은 잘 먹고 다니는지 물으시면 애교 뺀 막내아들의 음성으로 '응'이라 대답하고, 일을 잘 하는지 물으시면 늘 똑같다고 야속하게 대화를 매듭지었다. 끊고 나면 언제나 후회해도 불효의 근원인 쑥스러움은 쉽게 고쳐지질 않았다. 김치가 아직 남아 있던 어느 날, 키키봉은 어머니에게 전화를 했다. 김치가 떨어져 집에 간다고.

엄마, 나 왔어.
우리 막내아들, 이게 얼마 만이야?
아빠는?
산에 가셨다.
그런데 몽실이는 다리가 왜 저래?
애, 말도 마라.

마당에서 키우는 몽실이는 1년 전 아버지가 회사에서 데리고 오신 개다. 몽실이는 혈통도 없는 떠돌이 개였는데 꾀죄죄한 모습 때문에 회사

인근에서는 혐오감을 주는 존재였다고 했다. 언젠가 몽실이가 회사 근처를 어슬렁거릴 때 남은 밥 준 것을 계기로, 점심시간만 되면 찾아와 계속 밥을 주다 보니 아예 회사 마당에 눌러앉았다는 것이다. 회사직원이 목욕도 시켜서 깨끗해지고 살도 찌고 하니, 귀엽고 재롱도 잘 피워 아버지가 아예 집으로 데려 오신 거다.

어머니는 지난 한 달 동안 몽실이에게 일어났던 일을 얘기해주셨다.

한 3주 전인가 몽실이가 집 나갔었어.

그런 적 많잖아?

그지. 그냥 들어오겠지 하고 있었는데, 하루 지나고 이틀 지나도 안 들어오더라구. 아빠가 동네를 다 뒤졌잖니.

그래서 찾은 거야?

아니, 일주일 지나도 못 찾아서 차에 치여 죽었거니 했지. 그러니 누가 또 네 아빠 아니랄까 봐 매일 산에 가는 거야.

뭐 하러?

시체라도 찾아서 묻어줘야 한다고 그러는데 아무리 말려도 고집불통이지 뭐니.

몽실이는 어떻게 찾은 거야?

2주째 돼서 그러다 관두더라구. 자기도 힘들었겠지. 그것도 아침저녁으로 매일 했으니……, 난 포기했구나 생각했는데…… 네 아빠도 참…….

왜?

글쎄 인터넷으로 유기견 사이튼가 그걸 또 며칠 보더라구.

유기견 사이트? 그런 것도 있어?

파준가 어디 보호센터에서 결국 찾아왔잖니.

파주?

동네의 어떤 학생이 유기견인 줄 알고 신고해서 잡혀갔었대.

그 학생 참 오지랖도 넓다. 그런데 왜 파주로 가나? 신기하네.

파주에 가서 몽실이를 보는데 다리는 어디서 다쳤는지 펴지도 못하고 피부병은 잔뜩 걸려서……. 거기 직원도 데려가지 말라고 했다더라. 어차피 데려가도 못 산다고.

아빠라면 데려오지!

매일 병원 데리고 가고 영양제 맞고 치료받고 해서 엊그제부터 짖기 시작하는 거야. 처음 데리고 왔을 때는 짖지도 못했어. 정성도 그런 정성이 없지.

대단하다. 아빠는 정말 대단해.

이틀만 늦게 갔어도 안락사시켰을 거라니 몽실이가 주인복은 있나 보다.

아빤, 몽실이가 그렇게 좋은가? 비싼 개도 아닌데…….

너희들이 잘해야지. 아빠가 외로운가 봐. 누나야 남의 집 식구라고 해도 형 작년에 결혼하고 너마저 올해 나갔으니 오죽 적적하시겠니? 자기랑 놀아 줄 건 몽실이밖에 없다고 하는데……. 에휴!

…….

키키봉은 마당에 나와 절뚝거리는 몽실이를 쓰다듬으며 아버지를 생각했다. 키키봉의 아버지도 다른 대한민국의 아버지처럼 권위적인 것에 대해서 둘째가라면 서러운 분이셨다. 그러나 다른 아버지들의 권위적인 생각과 행동이 가장중심사회에 따른 것이었다면, 키키봉의 아버지는 조금 달랐다. 사장님! 가장 큰 이유는 그것이었다. 키키봉의 기억이 닿는 대여섯 살 때부터 아버지는 사장님이셨다. 부유한 사장님이라면 그나마 생활이라도 편했을 텐데 아쉽게도 실속 없는 사장님이셨다. 소형차를 15년간 타면서도 할아버지가 남기신 당신 몫의 유산을 친척들에게 다시 나눠주신 적도 있다. 가족들에게 엄하고 세상에 인자한 아버지는 덕분에 집안에서 인기가 별로 없는 편이시다. 예전에는 절대적이었던 아버지의 막강한 파워를 꺾은 건 역시나 세월이었다. 평생 아랫사람을 가족처럼 거두고, 가족을 아랫사람처럼 부리며 살아오신 아버지는 위엄을 얻는 대신 고독을 짊어지셨다.

에취!

젊은 애가 규칙적인 생활을 해야지. 매일 그렇게 술 먹고 다니니 골골하지.

감기 걸린 거 아니라 재채기한 거예요.

넌 결혼 안 하니?

할 때 되면 하겠죠. 뭐.

여자는 그냥 참하면 되는 거야. 잘난 건 쥐뿔도 없으면서 네가 뭐 볼 거 있다고 사람을 가려?

가리는 거 아니에요. 요즘은 다들 늦게 하는 추세라구요.

쓸데없는 바람은 들어가지고, 빨리 정신 차리고 앞가림 좀 하면서 살아.

아버지와는 당최 말이 통하지 않는다. 저녁식사를 하며 나눈 아버지와의 대화로 키키봉은 방금 전의 애틋한 마음이 싹 사라졌다. 아버지는 늘 그런 식이다. 다정함에 익숙하지 못한 화법은 지적과 인격모독을 애정 표현이라고 강요하는 듯했다. 하룻밤을 자고 아침에 돌아오려던 키키봉의 계획은 수정되었다. 저녁을 먹고 얼마 지나지 않았을 때, 키키봉은 일 핑계를 대고 일어났다. 어머니는 김치와 밑반찬 등을 싸주셨고 아버지는 방에서 돋보기안경을 끼고 신문을 보고 계셨다.

갈게요!

아버지의 음성은 들리지 않았다. 운전을 하며 집으로 돌아오는 길에 신호에 걸려 횡단보도에 멈춘 키키봉은 옆 차를 보고 있었다. 남편으로 보이는 운전자는 조수석의 아내와 다정하게 얘기하고 있었고 뒷좌석의 아이 둘은 무엇이 즐거운지 연신 깔깔거리며 웃고 있었다. 누가 봐도 완벽한 행복극의 주연들을 보며 키키봉은 힘겹게 조명을 비추는 슬픈 스태프였다. 아버지와 어머니, 그리고 키키봉이 받고 싶은 따뜻한 스포트라이트는 꺼져 있었다.

기식이, 유청이, 상현이, 도현이, 세진이, 혜승이, 미숙이, 또 누가 있더라? 택호도 빠졌고 은정이도 빠졌잖아. 다시!
아, 참참…… 다시 기식이, 유청이, 상현이, 도현이, 세진이…….

키키봉은 불현듯 어렸을 때의 기억이 떠올랐다. 생각해보니 아버지가

아
버지
어깨

친구였던 시절이 있었다. 아마도 키키봉이 초등학교 몇 학년 때였을 거다. 퇴근을 하고 돌아오신 아버지는 저녁식사를 하며 언제나 키키봉의 친구들 이름을 외우셨다. 무뚝뚝하고 권위적인 아버지도 가족 간의 내밀한 정 쌓기를 위해 노력하셨던 적이 있었던 거다. 그땐, 키키봉도 출근길의 아버지에게 용돈을 받기 위해 구두를 닦아놓던 귀여운 막내였다. 해가 저물면 하루의 일을 모조리 얘기하고 조막손으로는 안마를 한답시고 아버지의 등을 두드렸던 그 시절 말이다. 생각이 타임머신에서 하차하자 키키봉은 핸들을 돌려 다시 신림동으로 돌아가고 싶었다. 하지만 키키봉은 핸들을 돌리는 대신 더 힘껏 액셀을 밟았다. 세월의 간극에 켜켜이 쌓인 부자지간의 침묵은 견고한 것이었다. 눈가에 어린 눈물이 떨어지지 않도록 키키봉은 눈에 힘을 주고 운전에 집중했다.

몇 주가 지나 키키봉은 독립을 한 후 처음으로 부모님의 안부를 묻기 위해 집에 전화를 했다. 신호가 몇 번 갔지만 받는 사람이 없었다. 키키봉은 어머니의 핸드폰 번호를 찾아서 다시 전화를 걸었다. 다행히도 어머니가 전화를 받았다.

엄마, 왜 전화 안 받아?
응. 집에 했었니? 아빠 입원했다. 병원이야.
응? 왜?
감기몸살이래. 그저께 입원해서 오늘 퇴원하실 거야.
연락 좀 주지. 그런데 감기몸살 맞아? 많이 안 좋으신 거 아냐?

아빠도 이제 연세가 있잖니. 무슨 감기 갖고 연락하느냐고 하도 뭐라 해서 안 했다. 이제 괜찮아.

그래도. 저녁때 집에 갈게.

키키봉은 문득 냉장고를 바꿔드려야겠다는 생각이 들었다. 경품으로 탔던 냉장고는 이미 혜미의 것. 새 냉장고를 사야 했다. 다음 달쯤 거래처에서 카피료가 입금되면 사려던 양문형 냉장고를 인터넷에서 카드로 주문했다. 갑작스러운 아버지의 입원으로 예전에는 한 번도 느껴보지 못했던 조급함이 생겼다. 아버지를 위한 맛있는 음식, 좋은 것, 멋진 구경을 미루다가는 평생 후회할 일이 어느 날 갑자기 닥칠지도 모른다는 불안감이 엄습했다. 바보같이 눈물이 흘렀고 뻔뻔스럽게 거실 한구석에서 자리를 차지하고 있는 키키봉의 새 냉장고를 부숴버리고 싶었다. 독거노인을 방치해 죽음에 이르게 한 신문 사회면의 후레자식이 된 기분이었다. 키키봉은 저녁에 잡혀 있던 술 약속을 취소했다.

다행히도 아버지의 몸살기는 누그러들었다. 뒷북을 치듯 아버지의 병문안을 다녀온 지 며칠이 지났고 키키봉은 몇 가지 결심을 했다. 매주 한 번은 전화드리기, 매달 두 번은 신림동에 가기, 매년 두 번은 공연 보여드리기 등 철없는 막내아들에서 집안의 살가운 차남으로 거듭나기 위한 소소한 계획들을 세웠다. 달력에 동그라미를 쳐가며 그렇게 메모를 하고 있을 때 아버지에게 전화가 왔다.

도대체 왜 또 쓸데없는 짓을 한 거냐?

네? 왜요?

멀쩡한 냉장고는 왜 바꾼 거야?

요즘 누가 골드스타를 써요? 그거 비싼 거 아니니까 그냥 쓰세요.

냉장고가 얼음 얼고 물 차가워지면 됐지. 하여튼 넌 돈 아까운 걸 모르고…….

전기도 많이 안 먹는 거니까 쓰다 보면 오히려 절약이에요.

아무튼 다시는 이런 짓 하지 마라. 에이!

짜증과 불만이 잔뜩 섞인 아버지와의 통화가 끝나자마자 1분도 채 안 되어 어머니에게 두 통의 문자가 왔다.

네 아빠 지금 냉장고 닦고 있다. 새 냉장고 닦을 게 뭐 있다고…….

암튼 노인네가 멋없긴…… 좋으면 좋다고 하지, 냉장고 잘 쓰마!

육식의 종말

이성과 직관 사이에

23시 59분과 자정 사이에

끼리와 따로 사이에

텍스트와 왜곡 사이에

현대아파트 501호와 502호 사이에

관심과 관계의 벽,

설렘과 망설임의 벽,

집과 집시의 벽,

벽이 있다. 벽이 있었다…….

—키키봉, 〈핑크플로이드의 벽에 기댄 어느 날〉

무료한 저녁이었다. 일찌감치 일을 마무리하고 돌아온 키키봉은 텔레비전의 시시한 오락 프로를 보며 가끔씩 희미한 웃음을 짓고 있었다. 비디오나 빌려볼까, 라고 생각하고 있을 때 초인종이 울렸다. 문을 열어보니 분홍색 추리닝 차림의 여자가 서 있었다. 20대 중반으로 보였고 작은 얼굴에 단발머리가 귀여운 옆집 여자였다. 키키봉이 이 아파트에 이사 왔을 때 옆집에 주스를 사들고 가서 인사를 한 적이 있었다. 당시에 어떤 할아버지가 나오셨는데 그게 벌써 3개월 전의 일이다. 그 할아버지의 딸인지 손녀인지 모를 옆집 여자는 그때의 답례라며 떡을 건네주고는 새침하게 옆집으로 들어가버렸다. 참 반응속도가 느린 옆집이라고 생각하며 주고 간 떡을 보니 헛웃음이 나왔다. 무슨 날이어서 맞춘 떡도 아니고, 그렇다고 먹음직스러운 떡도 아닌, 지하도에서 노점상 할머니가 팔 거 같은 2,000원짜리 공기떡이었다. 키키봉은 처음 살아보는 아파트인지라 집단주택의 이웃문화는 절제와 간소함일지도 모른다고 생각했다. 옆집 여자와의 첫 대면은 그렇게 싱거웠다.

키키봉은 코스트코 회원이다. 아는 누나를 따라서 언젠가 코스트코에 간적이 있었는데 다른 대형마트에 없는 엄청난 양의 믹스너트에 필이 꽂혀 그 자리에서 회원등록을 해버렸다. 신입사원 시절, 회사 책상 서랍에 땅콩을 넣어두고 일을 할 만큼 견과류 마니아였던 키키봉에게 엄청난 양의 믹스너트는 가장 강력한 호객꾼으로 작용한 셈이다. 코스트코는 이외에도 특이한 물건이 많은 신기한 마트였다. 키키봉은 코스트코에서 메탈 선풍기를 샀고, 호주산 쇠고기를 샀고, 쿠키를 샀고, 키위를 샀다. 마트 구석에 위치한 푸드 코트에서 2,000원짜리 핫도그에 양파를 잔뜩 뿌려 먹고 있자니 문득 옆집 여자가 생각났다. 정말 문득, 본연의 문득이었다. 옆집 여자와 안면을 트고 싶다는 욕망이 일어난 것이다. 늑대의 흑심이라기보다는 돌고래의 우정으로 말이다. 키키봉이 여행이라도 간다면 매일 오는 신문 좀 치워달라는 부탁, 흉흉한 요즘 세상에 빈집임을 숨기는 긍정적 상부상조 아니겠는가. 혼자 사는 키키봉이 갑자기 심장마비라도 일으켜 벽 두드릴 힘밖에 안 남았을 때 옆집 여자가 친구라면 곧 생명의 은인도 될 터였다. 순수한 마음에 접근해야겠다고 결론 내리니 없던 용기도 생기는 것 같았다. 쿠키를 갖다주며 자연스럽게 말을 걸리라. 키키봉은 핫도그의 마지막 한 조각을 입에 넣으며 고개를 끄덕였다. 집으로 돌아와 복도의 작은 소리에 귀를 기울이고 있자니 이윽고 옆집 여자가 들어오는 소리가 들렸다. 키키봉은 나무 쟁반에 키친타월 한 장을 깐 후 코스트코에서 산 쿠키 몇 개를 올려 옆집을 찾아갔다.

(띵동!)
누구세요?
옆집인데요.
무슨 일이시죠?
저번에 떡을 주셔서 쿠키를 좀 가져왔습니다.

기억나는 대화는 거기까지였다. 옆집 여자가 문을 열고 나온 순간 키키봉의 심장이 멎었기 때문이다. 샤워를 막 끝낸 듯 물기를 머금은 머리카락은 CF의 한 장면을 연상시켰다. 떡을 받으며 얼핏 봤던 그녀의 얼굴은 두 번째 보는 순간 비로소 굉장한 미인이었음을 알아채게 해주었다. 뜻밖의 쿠키 선물에 살짝 미소 짓는 얼굴, 시간이 느려지며 어디선가 감미로운 음악이 들려오는 것 같았다. 지난 사랑에는 미안한 소리지만 이 여자와 사랑을 나누기 위해 그동안의 사랑은 리허설이었구나, 란 생각마저 들었다. 그다음은 편집이라도 된 듯 화면이 바뀌었고 키키봉은 거실에서 빈 나무쟁반을 기타처럼 들고 춤을 추고 있었다.

사람들은 모두들 아파트의 삭막함에 대해 이야기한다. 이웃 간의 정 없음을 얘기할 때도 아파트는 언제나 동네북이었다. 그러나 30년 넘게 단독주택에 살았던 키키봉에게 아파트는 오히려 더 따뜻한 삶터였다. 시골이야 다르겠지만 서울의 단독주택은 옆집 얼굴 보기가 정말 힘들다. 부모님과 함께 지냈던 신림동의 집에서도 옆집 아줌마의 얼굴을 모른 채 수년을 넘게 살았다. 반면 아파트에 살다 보면 옆집은 물론 같은 층의 사람들, 같은 동의 사람들과 복도나 엘리베이터에서 자주 마주치게 된다.

같은 동은 대개 같은 평형대로 이루어져 키키봉 같은 독신을 제외하고는 세대구성도 엇비슷하다. 비슷한 시간에 남자들이 출근하고 비슷한 시간에 아이들이 학교 가고 비슷한 시간에 여자들이 단지 내 슈퍼를 간다. 일주일에 한 번씩 재활용 쓰레기를 버리는 날에는 단체로 여름캠프에 놀러가 대청소라도 하는 기분이 든다는 건 비약일까? 가뜩이나 키키봉과 주거궁합이 맞는 기특한 아파트에서 이제는 로맨스까지 옵션으로 제공받았다. 삭막한 콘크리트 구조물을 사랑으로 색칠하고 큐피드의 화살로 단지 내 주차금지선을 그을 것이다. 바야흐로 해피엔딩 〈라빠르망〉의 막이 오른 것이다.

키키봉은 쿠키에 대한 옆집 여자의 답례를 기다리고 있었다. 그녀가 과일이라도 주러 온다면 커피를 대접하며 자연스럽게 접근할 계획이었다. 그러나 며칠이 지나도 초인종은 울리지 않았다. 아직 통성명도 안 한 사이, 남자가 더 적극적이어야 한다. 키키봉은 부모님 댁에 다녀올 때 시골에 계신 작은아버님이 과수원에서 재배한 사과를 몇 개 얻어 왔다. 마트에서 사과를 사다 주는 건 이상해도 시골 과수원에서 재배한 사과를 이웃끼리 나눠 먹는 건 누가 봐도 자연스러운 행동이다. 설령 그녀가 확인할 길이 없다고 해도 말이다. 키키봉은 옆집의 초인종을 누르기 전에 이 사과가 빌헬름 텔의 사과라고 생각했다. 신뢰와 용기의 사과, 그녀의 마음에 정확히 꽂혀야 한다.

(띵동!)
누구세요?
옆집인데요.
아! 안녕하세요?
집에 다녀왔는데 사과를 좀 가져왔어요.
저번에 쿠키도 주셨는데, 뭘 이런 걸…….
많아서 혼자는 다 못 먹거든요.
네. 잘 먹겠습니다.

드라마 속 남자 주인공들은 낯선 여자와 애기도 잘하는데, 이웃이라는 홈그라운드의 이점을 가지고도 키키봉은 단막극의 조연에 불과했다. 관계의 발전을 꾀할 어떤 말도 못 건넨 키키봉은 편지를 쓰기로 마음먹었다. 뻥튀기가 웰빙과자로 둔갑하고 앤티크 가구가 높은 몸값을 자랑하는 세상이다. 종이에 정성껏 눌러쓴 백수삼촌 스타일의 아련한 연애편지는 이웃집 남자에 대한 경계심을 풀어줄 미덕으로 작용할 것이다. 게다가 키키봉은 명색이 카피라이터다. 광고카피가 무엇인가? 등을 두드려 뒤를 돌아보게 한다는 광고의 어원을 생각해보라. 촌철살인의 글로 마음을 두드려 사람을 설득하는 것이다. 소비자의 마음을 열 듯 이웃집 여자의 마음을 열어야 한다. 편지로 그녀의 마음을 열지 못한다면 평생 카피(복사)나 하며 살리라.

501호 남자가 502호 여자에게

무슨 말부터 꺼내야 할까요?
주스를 주고 떡을 받고 쿠키를 주고 사과를 주고
그다음에 받고 싶은 것은 당신의 이름이었습니다.
제가 당신에게 줄 수 있는 건 무엇일까요?
일요일 오전에 늦잠을 자고 만나 복도에서 마시는 커피 한 잔?
고단한 하루 마감하며 단지 내 놀이터에서 마시는 맥주 한 캔?
제가 당신에게 주고 제가 당신에게 받고 싶은 건
삭막한 콘크리트 숲 어느 귀퉁이 501호와 502호가

우정이란 이름으로 세상을 따뜻하게 만들 순수한 교감뿐!
당신과 친구가 되고 싶습니다.

　—키키봉 드림

유치도 이런 유치가 없었다. 탁 사부는 예전에 카피를 잘 쓰고 싶으면 사랑에 빠지라는 말씀을 하셨다. 이성이 마비된 감성은 순수해질 수는 있어도, 필력은 동심으로 돌아가는 부작용이 있나 보다. 밤에 쓴 편지는 부치지 말아야 하고, 혹시나 부쳤다면 아침에 읽어보지 말아야 한다. 우편함에 편지를 넣고 다음날 컴퓨터에 저장된 편지를 다시 읽어본 키키봉은 수거를 해와야겠다고 생각했다. 스팸메일인지 연애편지인지 구분도 안 간다면 결과는 뻔한 퇴짜로 이어질 것이다. 키키봉은 씻지도 않고 1층의 우편함에 갔다. 불행일까? 다행일까? 우편함에는 키키봉의 편지 대신에 그녀의 편지가 있었다.

　502호 여자가 501호 남자에게

안녕하세요?
저는 502호에 사는 안민정이라고 합니다.
음…… 우선 편지를 받고 조금 놀랐어요.
신혼부부가 살고 있을 거라고 생각했거든요.
주신 쿠키와 사과는 잘 먹었습니다.

경황이 없어서 제대로 인사도 못 드렸네요.

그런데 하시는 일은 무엇인가요?

직장인처럼 보이지는 않던데요. ^^

아침저녁으로 날씨가 많이 쌀쌀해졌네요.

그럼 감기 조심하시고 오늘도 좋은 하루 보내세요.

—안민정 드림

키키봉은 옆집 여자, 아니 민정 씨의 편지를 읽고 또 읽었다. 받고 싶은 것이 이름이라고 해서 정말 이름만 알려준 건지, 도대체 속내를 알 수가 없었다. 일종의 탐색전 같기도 했고 무관심의 우회적 표현 같기도 했다. 키키봉은 편지 내용을 생각하며 심사숙고 후 추가 공격을 결정했다. 편지로 노크를 했으니 선물로 인사를 하는 것도 좋을 것 같았다. 꽃? 향수? 인형? 초콜릿? 낭만적 레퍼토리는 감미로움만큼 식상함이 느껴졌다. 어느 정도의 수준을 지키며 부담스럽지 않은 선물로는 책이 제격이었다. 키키봉은 평소 감명 깊게 읽었던 윤오영의『곶감과 수필』이란 책을 포장하여 502호 우편함에 넣어두었다.

이번에는 그녀의 반응이 이틀 후에 돌아왔다. 키키봉의 우편함에 간신히 들어가는 두툼한 책이 꽂혀 있었던 거다. 키키봉이 선택한『곶감과 수필』이 대단히 낭만적인 선물 아이템이 아니란 건 인정한다. 하지만 어느 정도 카피라이터란 직업과도 어울리고, 시집처럼 생긴 책 모양은 연인 사이에, 혹은 연인 직전의 사이에 나름 적당한 선물이었다고 생각한다. 그렇다면 그녀가 답례로 선물한 책은? 처음 그녀가 주었던 공기떡만 큼이나 생뚱맞은 책이었다. 제레미 리프킨의『육식의 종말』이라니!『곶 감과 수필』을 다섯 권 합쳐놓은 두께였다. 첫 장을 넘기니 짧은 그녀의 메모가 있었다. 연필로 삐뚤삐뚤 쓰인…….

『곶감과 수필』잘 읽었습니다.
시득하게 말린 곶감, 하얀 시설柿雪, 수필과의 절묘한 연결…….
꽤 오래전 책인 거 같은데 요즘 책을 읽는 기분이네요.
확실히 좋은 책은 시대를 초월하는 거 같아요.
혹시 하시는 일이 글을 쓰는 직업인가요?
저는 글 쓰는 사람들이 부러워요. 그 신중함도 존경스럽구요.
최근에 제가 가장 감명 깊게 읽은 책을 드리고 싶어요.
다음에 만나면 아는 척해도 되나요?

—민정.

남녀의 만남 앞에 책 제목은 중요하지 않았다. 장소가 즉석만남이 횡 행하는 무도회장도 아니고 스키장 콘도도 아니다. 아파트에서 얼굴도 몰랐던 남녀가 사랑을 시작하는 것이다. 관리비 고지서나 어울릴 법한 아파트 우편함을 먼 옛날에 사랑을 나누던 물레방앗간처럼 이용했다. 벽 하나를 사이에 두고 밥을 먹고 잠을 자고 몸을 씻던 남과 여가 삶터를 사랑터로 이제 막 바꾸려는 것이다. 윗집 남자 아랫집 여자 어쩌구 하는 에로영화 버전이 아닌, 수필의 대가 윤오영의 문학세계와 제레미 리프킨의 텍스트에 대해 대화를 트는, 지적이고 플라토닉한 사랑이다. 아니, 사랑일 것이다.

키키봉은 『육식의 종말』 첫 페이지를 펼쳤다. 단숨에 읽고, 볕 좋은 토요일에 민정 씨를 불러내 공원에서 산책을 하며 책에 대해 자연스러운 대화를 하고 싶었다. 영화 같은 로맨스를 꿈꾸며 키키봉은 그렇게 독서를 시작했다.

3페이지, 5페이지, 10페이지, 20페이지, 22페이지, 23페이지…….

다시 15페이지, 16페이지…….

흔히들 카피라이터 하면 책을 많이 읽는 줄 알고 있다. 맞는 말이다. 대부분의 카피라이터는 소위 책벌레라고 할 만큼 다른 직업군의 사람들보다 많은 책을 읽는다. 단, 키키봉을 제외하고! 카피라이터인 키키봉은 책을 거의 읽지 않는다. 난독증이 있는 것도 아닌데 책읽기의 즐거움 앞에서는 늘 의문을 표한다. 상황이 이렇다 보니 가독성이 웬만큼 좋지 않은 책이라면 키키봉의 눈을 잡아끌지 못한다. 또 키키봉처럼 책 읽는 걸 싫어하는 사람들의 공통된 특징이 번역본에 더 약하다는 것이다. 가뜩이나 취미 없는 독서인데 사전 정보 취약한 외국 상황의 문맥이 머리에 꽂힐 리 없다. 서둘러 『육식의 종말』을 완독하여 민정 씨에게 연락하고 싶은 마음과는 반대로 책장은 계속 제자리걸음을 하고 있었다. 하루, 이틀, 일주일…… 안타까운 날들이 흘러갈수록 키키봉의 마음은 조급해졌다. 사랑은 타이밍인데 뜻밖의 변수에 민정 씨에 대한 열정이 연체당하고 있었다.

안녕하세요?

『육식의 종말』은 다 읽으셨나요?

네. 육식을 한다는 것은 단순한 입맛의 차이만은 아니더군요.

그죠?

육식이 역사적으로 남성 지배를 존속시키고 성별과 계급조직을 구축하는 데 이용되었다는 주장이 특히 흥미로웠어요.

오! 당신은 무척 지적인 남자, 사귀고 싶어요!

하하! 뭘 이 정도 가지고…….

이런 대화가 이어질 수 있는 유효기간은 그리 길지 않다. 키키봉은 아직 민정 씨와 만나서 정식으로 인사를 나눈 사이도 아니기 때문이다. 며칠 전에는 멀리서 오는 민정 씨를 보고 후다닥 몸을 숨기기도 했다. 책은 다 읽었냐고 물었을 때, 받은 지 일주일도 넘은 시점에서 아직 안 읽었다고 얘기하는 건 진심을 의심당할 소지가 있다. 『육식의 종말』을 다 읽고 당당하게 그녀 앞에 서야 한다. 갑자기 큰 프로젝트를 맡아서 연락이 좀 늦었다고 양해를 구하고 향기로운 문학 데이트를 즐길 것이다. 열심히! 열심히! 책을 읽어야 한다. 진인사대천명盡人事待天命, 책 안 읽는 키키봉이 『육식의 종말』을 다 읽은 것은 선물 받은 지 두 달이 지나서였다. 500 페이지에 육박하는 유익한 서적을 다 읽었다고 뿌듯해할 사이도 없이 키키봉은 502호의 초인종을 눌렀다. 두 달이란 시간이 시작하지 않은 연인에게는 긴 공백이긴 했어도 편지 한 통과 책 한 권의 힘을 믿을 수밖에 없었다. 그러나 502호에서는 인기척이 없었다. 외출을 한 것일까? 계속 초인종을 누르니 복도청소를 하는 아줌마가 말을 거신다.

왜 그러셔?

네? 아…… 친구가 집에 없는 것 같네요?

502호 어제 이사 갔는데…….

네? 이사요?

어제가 일요일 맞지? 어제 이사 갔어. 옆집에서 어째 몰랐데? 외출하셨나?

커밍아웃

오늘 메뉴는 뭐냐?

존슨탕 어때?

존슨탕? 그게 뭐야?

부대찌개 같은 건데 맛있어.

맛집이야?

맛집이지. '바다식당' 이라고 유명한 곳이야.

허름해?

당근이지!

키키봉이 생각하는 맛집의 기준은 두 가지다. 바로 싸고 맛있는 것! 아무리 맛있어도 비싸다면 맛집이 아니다. 1인분에 4만 원 하는 꽃등심이 아무리 맛있어도 강남의 으리으리한 갈빗집을 맛집이라고 할 수는 없다. 비싼 재료를 쓴다면 누군들 맛을 못 내겠는가? 1인분에 만 원 하는 꽃등심이 4만 원의 가치를 뽑아내야 진정한 맛집인 것이다. 그렇다고 키키봉이 맛집 마니아는 아니다. 진정한 맛집 마니아는 혜미다. 키키봉이 맛집 세계에 갓 입문했다면, 혜미는 오랜 시행착오를 거쳐 한창 물이 오른 상태다. 신문이나 인터넷을 뒤져 맛집 파일을 관리하는 것은 기본이고, 맛집에 들렀을 때는 특유의 넉살로 맛집 주인들에 대한 호칭을 형님과 이모로 통일해버린다. 대부분의 허름한 맛집들은 적은 수의 테이블과 많은 수의 손님들로 인해 서비스가 안 좋은 편인데, 적어도 혜미 앞에서는 예외다. 셀프서비스가 아닌 곳에서도 소주나 물 컵 등은 기본으로 셀프서비스를 실천하고 심지어 옆 테이블까지 서빙을 하니 어느 주인인들 안 좋아하랴. 키키봉은 혜미의 뒤를 따라서 이태원에 있는 바다식당으로 발걸음을 옮겼다.

그냥 부대찌개잖아?

먹어보셔. 일단 먹어보고 평가를 내리드라고.

흠. 어디…….

어때? 죽이지? 입속에서 소시지가 양배추에게 프러포즈를 하는 거 같지 않아?

소시지가 양배추에게 프러포즈하는 맛은 무슨 맛이냐?

클클, 그냥 맛있다는 소리지.

군대에서 양배추에 질려버렸는데 이젠 용서해도 될 거 같군.

오늘 느낀 건데 형은 정말 인복 많은 사람이야.

닥치고 술이나 드세요!

중국집에 가면 짬자면이라는 것이 있다. 짬뽕을 먹을 것인가? 자장면을 먹을 것인가? 중국에 문호를 개방한 이래 한국 사람의 영원한 화두였던 메뉴 선택의 고민을 누군가 발칙한 아이디어로 해결한 것이다. 키키봉은 술을 마시면 언제나 비슷한 고민을 한다. 고기에 소주를 한잔하면 얼큰한 국물의 감자탕 같은 것이 당긴다. 그렇다고 감자탕을 또 먹으러 가기에는 배가 부르고, 순서를 바꿔도 아쉬운 건 마찬가지다. 건더기의 실함과 국물의 얼큰함을 함께 충족시키기에 존슨탕은 제격인 안주였다. 얼큰한 부대찌개 국물을 양배추의 부드러움으로 지그시 눌러주고 각종 소시지와 고기의 향연이 탕의 아쉬움을 없애준다. 혜미의 성공적인 메뉴 선택에 기분이 좋아진 키키봉은 평소보다 많은 술을 마셔댔다.

끄윽, 혜미야!

응?

왜 이렇게 길거리에 외국인들이 많냐? 여기가 어디냐? 미국이냐?

이태원이잖아. 완전 맛이 갔구만!

혜미야!

징그럽게 왜 자꾸 불러?

여자들이 다 예쁘다. 헤헤

형, 요즘 많이 외롭구나.

봐봐. 저 술집 앞에 앉아 있는 여자 정말 예쁘지 않냐?

저 여자, 남자야.

뭐? 인마! 내가 아무리 취했어도 그렇지. 끅…… 저 여자가 남자라고?

저기 트랜스젠더 바야. 쟨 손님 끌려고 앉아 있는 거고.

언젠가 술에 취해 집에 가던 길이었다. 버버리 코트를 입은 한 남자가 키키봉에게 말을 걸어왔다. 육교 계단에 이상한 마대자루가 있는데 함께 확인을 해달라는 것이었다. 별 싱거운 사람이 다 있다며 무시하고 가려는데 남자가 말을 덧붙였다. 아무래도 마대자루 속에 시체가 있는 것 같다고, 자신은 겁이 나서 혼자서는 도저히 확인을 못하겠다고 했다. 소심함이라면 어디 가서 꿀려본 적 없는 키키봉이지만 그날은 달랐다. 술이 잔뜩 올랐고 호기심이 동한 것이다. 살인 빼고는 다 해봐야 한다는 것이 평소 키키봉의 지론, 함께 마대자루를 확인하러 갔다. 쉼 호흡을 크게 한 후 마대자루의 줄을 푸는 순간! 허탈하게도, 실리콘 총 같은 공사판에 있을 법한 쓰레기가 한가득 들어 있었다. 이윽고 이어지는 그 남자의 유치한 호객행위, 당신같이 용감한 젊은이에게 술을 한잔 사고 싶다고 했었나? 암튼 호객행위 한번 정성껏 한다며 무시하고 집에 왔던 기억이 난다.

키키봉과 혜미가 트랜스젠더 바에 간 것을 취기 후 찾아온 리비도의 증가 탓으로 보면 곤란하다. 정글 같은 무시무시한 세상 속에서 키키봉은 가끔 여자가 되고 싶다는 생각을 한 적이 있었다. 용감하지 않은 키키봉이 용감함을 강요당할 때 같은 경우 말이다. 굳이 그런 사연이 아니더라도 키키봉은 남자로 태어나 여자로 죽고 싶어 하는 트랜스젠더가 흥미로웠다. 미스코리아보다 예쁜 얼굴을 가진 여자가 목젖을 움직이며 맥주 마시는 모습을 보고 싶었다. 꿈의 성지인 여자 목욕탕에 처음 들어

가본 소감을 묻고 싶었다. 주민증 뒷자리 번호가 1로 시작하는 존재로서 2로 시작하는 존재들에 대해 아무런 감정이 없는 비결을 알고 싶었다. 여자들 사이에 게이 친구를 사귀는 것이 유행이었던 적이 있었는데 키키봉이라고 트랜스젠더 친구 하나 옆에 못 두란 법도 없다. 키키봉과 혜미가 트랜스젠더 바에 간 건, 다시 말해 호기심에 갔다는 소리다.

몇 분이세요?

두 명인데요.

이쪽에 앉으세요.

손님이 하나도 없네요?

이곳은 아직 이른 시간이에요.

네. 맥주 좀 주세요. 안주는 안 시켜도 되죠?

그럼 기본안주 시키세요. 갖다드릴게요.

실내는 생각보다 평범했다. 유행을 못 따라가는 나이트클럽의 내부처럼 생겼고 중년의 아저씨들이나 올 법한 술집이었다. 한쪽 구석에는 룸이 보였고 입구에서 정면으로 보이는 벽 쪽에는 작은 무대가 있었다. 잔뜩 긴장하고 들어간 키키봉과 혜미는 고즈넉한 실내와 만만해 보이는 분위기에 경계심을 풀고 맥주를 마셨다. 맥주 두 모금을 마실 만큼 시간이 지났을 때쯤이었다. 어두운 구석 쪽 룸의 문이 열리고 한 여자가 나왔다. 긴 생머리에 짧은 미니스커트를 입은 예쁜 여자가 키키봉이 있는 쪽으로 걸어왔다. 뚜벅뚜벅. 아니다. 긴 생머리에 짧은 미니스커트를 입은 나이든 여자 같다. 뚜벅뚜벅. 이런! 여자가 아니다. 긴 가발에 짧은 미니 스커트를 입은 남자였다. 예쁘지도 않고 족히 마흔은 될 것 같은 남자! 삼촌 같은 그 남자의 팔뚝은 우람했다.

오빠들! 언제 왔어?

네? 어…… 좀 전에 왔는데요.

어머, 미안! 화장 고치고 나오느라고. 나 술 안 따라줘?

아…… 네. 여기요.

오빠들 이런 데 처음인가 봐?

아뇨. 아…… 네. 그냥…… 호기심에…….

손님도 없고 심심했는데 잘됐다. 우리 술 마시자. 자, 건배!

저…… 이런 거 물어봐도 될 지 잘 모르지만 남자 아니신가요?

응? 왜?

아니…… 그게…… 트랜스젠더 바면 트랜스젠더가 있는 게…….

호호!(사실은 껄껄!) 오빠들 귀엽다!

…….

그거 수술비가 얼만데! 우리 집도 트랜스젠더는 한 명뿐이야. 밖에 있는 애 봤지? 딴 집도 다 그래.

그럼 남자? 그런데 왜 오빠라고 해요?

어머? 여기 트랜스젠더 바잖아. 그런 이야기 그만하고 우리 술이나 마시자.

나이도 우리보다 많으신 거 같은데…….

뭔가 속은 기분이 들었다. 트랜스젠더 바라면 바깥에 앉아 있었던 예쁜 여자 아니, 적어도 예쁜 여장남자가 술을 따라줘야 할 것 같았다. 소심한 키키봉이 수줍음 많이 타는 트랜스젠더에게 술을 권하고, 상대적으로 키키봉은 장비처럼 호기롭게 술을 마셔야 할 것 같았다. 그런데 지금 옆에 앉아 있는 저 사람은 뭔가? 머리만 길고 치마만 입었지 완전히 우락부락한 남자가 아닌가! 더군다나 술값을 나눠 낼 것도 아닌데 술고래가 따로 없다. 술을 따라주면 무조건 한입에 잔을 비우니 맥주 한 병이 두 모금이면 끝난다. 혜미는 원래 이런 곳이란 걸 알고 있었는지 조용히 술만 마시고 있었고, 키키봉은 술맛이 싹 달아나 불쾌해지기 시작했다.

오빠, 왜 술 안 마셔?

아…… 배불러서요. 근데 오빠라고 하지 좀 말지?

그럼 뭐라고 불러?

아니! 좀 그렇잖아. 와! 이 팔뚝에 오빠라는 소리는…….

…….

말만 트랜스젠더 바지. 여긴 뭐, 좀 그러네.

흥! 이 오빠 재미없다. 난 저 오빠랑 마셔야겠다.

형, 그냥 간단히 마시고 나가자!

좀 그렇잖아. 트랜스젠더 바면 최소한 예쁜 남자라도 있어야 하는 거 아냐?

…….

솔직히 우리 이분에게 형이라고 불러야 되는 거 아니냐?

술이 좀 과했었나 보다. 키키봉은 옆의 여자, 아니 남자의 굳어가는 표정을 눈치채지 못한 채 짜증과 불만을 토해냈다. 한동안 말이 없던 남자가 낮게 깔린 음성으로 입을 열었다. 절대로 거역할 수 없을 것 같은 사자死者의 저음으로.

그럼 형이라고 불러!

?

형이라고 부르라고! 이것들이 비위 좀 맞춰주려고 하니까 자꾸 긁네.

네? 갑자기…… 왜…… 그러세요? 무섭게…….

술 마시러 왔으면 즐겁게 마시고 가면 되지 팔뚝이 뭐 어쨌다고?

아니. 그게 아니라…….

지금부터 건배하면 무조건 원샷이다!

…….

왜? 싫어?

아뇨. 저희 술을 너무 많이 마신 거 같아서요. 이제 가봐야 할 거 같은데…….

가긴 어딜 가? 이제부터 시작인데!

…….

맥주 6병에 안주 하나 시켰지? 그 이상은 돈 안 받아. 오늘 나랑 술 마시는 거다!

그다음은 기억이 잘 나지 않는다. 남자가 한 손으로 잔을 들면 키키봉과 혜미가 두 손으로 공손히 건배를 했던 것도 같고, 혜미가 과일을 깎았던 것도 같다. 키키봉이 남자의 무릎에 걸터앉아 노래를 불렀었나? 테이블에 열 병이 넘는 맥주병이 쌓였고 바닥에도 그만큼의 맥주병이 나뒹굴었다. 남자가 군대시절 이야기를 했고 키키봉과 혜미도 축구 이야기로 분위기를 띄웠던 것 같다. 트랜스젠더 바를 나온 새벽녘에는 들어갈 때보다 더한 긴장감에 이미 술은 다 깨어 있었고, 키키봉과 혜미의 손에는 남자에게 받은 만 원짜리 팁이 한 장씩 들려 있었다. 마치 길거리에서 불량배를 만나 원산폭격을 두 시간 정도 하고 가진 것을 다 빼앗긴 후 차비로 회수권을 한 장씩 받고 풀려난, 중학교 시절의 아련한 추억이 생각나는 술자리였다.

미스터리

  욕실에서 혼자 머리를 감다 보면 가끔 오싹할 때가 있다. 등 뒤에 누군가 있는 것 같아서 고개를 들기 전 쉼 호흡을 크게 한 번 하기도 한다. 어디선가 들은 이야긴데 이런 기분이 들 때는 할머니 귀신의 긴 머리카락을 밟고 있기 때문이란다. 할머니 귀신이 밟힌 머리카락이 아파서 신호를 보낸다는 것인데, 귀신을 안 믿는 키키봉도 이런 이야기를 들으면 한기를 느끼곤 한다. 눈으로 보고도 믿을 수 없는 일들이 세상에는 수두룩하다. 과학으로 증명할 수 없는 해괴망측한 일들은 또 얼마나 많은가. 귀신을 믿지 않아도 귀신은 무섭다. 어쩌면 귀신이란 존재는 한 번도 보지 못했기 때문에 무서운 것일 수도 있다. 한 번도 죽어보지 못해서 죽음이 두려운 것처럼 말이다.

  혜미야! 넌 귀신을 믿냐?
  아니. 왜?

역시나 귀신은 없겠지?

귀신은 믿지 않지만 그건 신기하더라.

뭐가?

무당이 날 선 작두 위에서 춤추는 거…….

그건 무딘 작두라 누구나 다 설 수 있는 거 아냐?

TV에서 봤는데 종이를 올리니까 그대로 잘렸어.

그래? 무당이 진짜면 귀신도 있다는 거 아닌가? 무당이 귀신 쫓는 사람이
잖아.

형은 귀신 보면 어떻게 할 거야?

눈 깔아야지.

귀신이 깡패야? 눈을 왜 깔아?

귀신이랑 눈 마주치면 죽는 것도 모르냐?

그래? 그런 것도 있나?

넌 어쩔 건데?

뽀뽀하고 껴안고 막 그럴 거야. 아주 막!

변태냐? 귀신보고 그러고 싶어?

비명 지르고 부들부들 떨고 그런 거는 귀신이 원하는 거잖아. 비현실적인
공포를 야한 행동으로 이겨내는 거지. 내 퇴마비결이 어때?

귀신이면 무조건 처녀귀신이냐? 생각하는 거라곤…….

그런데 갑자기 웬 귀신타령이야?

키키봉은 열쇠를 꽂기 전에 현관문에 귀를 대고 집 안의 동태를 살폈

다. 혼자 사는 아파트에서 무슨 소리가 날 리 없었다. 키키봉은 고개를 절레절레 흔들며 문을 열었다. 키키봉이 이런 행동을 하는 건 며칠 전의 일 때문이다. 일찌감치 저녁을 먹고 책상에 앉아서 인터넷을 하고 있을 때였다. 방문 밖에서 이상한 소리가 난 것이다. 처음에는 대수롭지 않게 생각했다. 하늘을 향하고 있던 주전자 손잡이가 내려간 소리거나 식기건조대에 불안하게 놓여 있던 접시가 제자리를 찾아가며 난 소리려니 생각했다. 조금 지나 다시 소리가 났고 키키봉은 방

문을 열어 집 안을 훑어보기 시작했다. 거실과 서재, 작은방, 작은방의 붙박이장, 욕실까지 둘러봤지만 소리의 근원지는 찾지 못했다. 잘못 들었나 보다, 라고 생각했다. 그리고 다음날, 침대에 누워 잘 준비를 할 때 다시 소리가 들렸다. '덜컥' 같기도 했고 '쩔그럭' 같기도 했고 '툭' 같기도 한 정체불명의 소리! 혹시 복도에서 난 소리가 아닌지 잠깐 생각했지만 소리의 거리감으로는 분명 집 안에서 난 거였다.

누구야?

…….

뭐야? 강도야? 귀신이야?

…….

에! 에! 에!

…….

동해물과 백두산이 마르고 닳도록~.

…….

앞으로 더 착하게 살겠습니다!

…….

갖은 협박과 감언이설에도 귀신은 과묵했다. 아마도 누군가 키키봉을 봤다면 미친 사람으로 생각했을 것이다. 마치 버스 안에서 노선표를 보며 대화하는 핸즈프리 걸처럼 말이다. 키키봉은 혼자만의 대화를 거둔 후 에프킬라와 라이터를 곁에 두고 잠을 청했다. 귀신이 나타나면 그것은 훌륭한 화염방사기 노릇을 할 것이다.

새벽 4시쯤이었을까? 키키봉은 비명을 지르며 잠에서 깼다. 가위에 눌린 건지 꿈을 꾼 것인지 헷갈릴 정도로 지독한 악몽이었다. 침대가 아닌 방바닥에서 자고 있는데 누군가 키키봉의 머리채를 잡고 엄청나게 빠른 속도로 미끄러져 가는 것이었다. 머리가 너무 아팠지만 얼굴을 확인해야 했다. 어딘가로 간다고 생각했는데 사실 방바닥을 빙빙 돌고 있던 거였다. 화가 치밀어 오른 키키봉도 정체불명의 그놈 머리채를 함께 잡았고 그렇게 둘은 누워서 머리채를 잡고 방바닥을 계속 돌았다. 어느

새 방바닥은 피가 흥건해졌고 어느 순간 그놈의 얼굴을 봤다. 생뚱맞게 그는 키키봉이 평소에 관심도 없던 남자 탤런트였다. 무표정한 얼굴에 건조한 미소를 살짝 띤 후 더 속도를 높이는 남자 탤런트, 그놈, 혹은 귀신! 꿈속에서였지만 꿈이란 것을 인지했고 이렇게 계속 방바닥을 돌다가는 영영 깨어나지 못해 죽을 것만 같았다. 비명은 꿈을 끝내려는 키키봉의 결연한 의지의 표현이었다.

아주 가끔이지만 키키봉은 새벽에 일어날 때가 있다. 해가 뜨기 전 눈을 먼저 뜬 그런 날에는 나름 건설적인 시간을 가진다. 어떻게 살 것인가 고민을 하고 지금 잘 살고 있나 돌아보기도 하는 소중한 시간이다. 새로운 계획을 세우기도 하고 주변 사람들에 대해 진지하게 생각을 하다 맞이하는 아침 해는 가슴 벅차다. 하지만 지금처럼 악몽을 꾸다 깨어난 새벽에는 머릿속이 온통 헝클어져 그런 생각을 하는 것 자체가 불가능하다. 땀에 흠뻑 젖은 키키봉은 샤워로 기분전환을 해야겠다고 생각했다. 일부러 콧노래까지 부르며 악몽을 떨쳐내려 애쓰는 키키봉, 불현듯 할머니 귀신 이야기가 생각났다. 샤워기를 끄고 뒤를 휙 돌아본다. 기분 나쁜 효과음과 함께 할머니 귀신이 나타날 것 같지만 그런 일은 공포영화에서만 가능하다. 우주선을 타고 달나라에 가는 세상에 귀신은 어울리지 않는 존재다. 키키봉은 한숨을 내쉬며 다시 샤워기를 틀고 비눗기를 지워내기 시작했다. 바로 그때, 물소리 사이를 비집고 정체불명의 그 소리가 다시 들려왔다. 키키봉은 머리카락이 쭈뼛 서고 온몸에 소름이 돋았다. 샤워기를 조심스럽게 잠그고 꼼짝도 하지 않은 채 온 신경을 집중했지만 아무 소리도 들리지 않았다. 오직 적막뿐이었다. 다시 샤워기를 트는 순간 들리는 소리! 덜컥, 쩔그럭, 툭…….

으아악!

키키봉은 비명을 질렀고 그 소리에 놀라 샤워기를 손에서 놓쳤다. 덕분에 샤워기는 고장난 로켓처럼 제멋대로 춤을 췄고, 분수처럼 사방에 물이 튀었다. 동시에 영화 속 한 장면처럼 화장실 불도 픽 소리와 함께 나갔다. 사색이 된 키키봉은 부들부들 떨며 자리에 주저앉아 얼굴을 감싸고 있었다. 키키봉의 아파트에 귀신이 살고 있는 것이 분명했다.

하하하! 귀신이라구요?

정말 예전에 여기 살던 사람이 죽고 뭐, 그런 사연 없는 거죠?

요즘 세상에 귀신이 어디 있어요? 콘센트에 물이 튀어 퓨즈가 나간 거예요.

며칠 전부터 이상한 소리가 났다니까요!

소리요? 잘못 들으신 거 아닌가요?

진짜로 들었어요. 확실해요.

어? 이런!

네? 왜 그러세요?

아이구! 배가 불룩하게 나왔네.

네? 제가 요즘 운동을 안 해서…….

아니, 여기 보세요! 타일이 다 떨어졌잖아요. 모르셨어요? 쏟아지기 일보 직전이네…….

관리사무소에서 욕실 보수공사를 끝내고 간 후 키키봉은 그간의 해프닝이 우습기만 했다. 정체불명의 소리는 타일이 욕실 벽과 멀어져 그 사이의 시멘트 조각들이 떨어지는 소리였다. 타일과 타일끼리는 분리되지 않은 채, 접착이 제대로 되지 않은 타일들을 중심으로 조금씩 벽과 벌어져 마치 배가 나온 듯 욕실 한쪽 면이 불룩하게 튀어나온 것이었다. 키키봉의 아파트는 지은 지 6년이 되었는데 흔하지는 않지만 간혹 한두 집이 이런 현상을 보인다고 한다. 관리사무소 직원은 일종의 부실공사니까 죄송하다는 말과 함께 무료로 보수를 해주고 돌아갔다. 하긴 귀신은 무슨 얼어 죽을 귀신인가! 키키봉은 공사의 잔해로 어수선한 욕실을 정리하며 혀를 찼다. 남자 나이 서른다섯에 귀신을 무서워하다니 생각만으로도 얼굴이 화끈거렸다. 벽에 묻은 실리콘을 솔로 닦아내고 욕실의 거울에 물을 뿌리고, 키키봉은 정리를 하는 김에 욕실청소도 해야겠다며 수챗구멍에 걸려 있는 머리카락 뭉치를 휴지로 집어냈다. 휴지와 함께 쓰레기통에 버리려는 순간, 머리카락 뭉치 속에서 삐죽 튀어나온 새치 하나가 눈에 들어왔다. 손가락으로 새치를 쭉 잡아당기니 새치가 아니었다.

그것은 50센티미터는 족히 될 것 같은 하얀 머리카락이었다.

전세역전

키키봉은 두부를 좋아한다. 언젠가 텔레비전 요리 프로그램에서 중국의 두부튀김 요리를 본 후 중국에 가고 싶어질 정도였다. 식당에 가서 제육볶음 같은 메뉴를 시키면 간혹 밑반찬으로 두부부침을 준다. 키키봉은 제육볶음과 두부부침의 접시 크기가 바뀌길 바라지만 그런 요구를 하기에는 역시나 소심함이 문제. 집에서 라면을 끓여 먹을 때 계란 대신에 두부를 넣어 먹거나 호프집에서 두부김치 같은 메뉴를 시킬 뿐이다. 혜미와 거나하게 술을 마신 어느 날, 어김없이 혜미의 집에서 다시 2차 술자리가 이어졌다. 페트병 맥주와 믹스너트, 약간의 밑반찬 같은 건어물이 있었다.

형, 어제 굉장한 레시피를 알아냈어.
뭔데? 코카콜라 제조법이라도 알아낸 거야?
아니. 간단하게 두부김치를 해 먹는 방법!

그게 뭐가 굉장한 레시피야? 그냥 해 먹으면 되잖아. 두부 삶아서 김치랑 먹으면 그게 두부김치잖아.

우리가 또 젠 스타일로 술 마시는데 그렇게 복잡한 레시피는 안 키우지. 김치를 볶고 냄비를 꺼내 두부를 삶고, 으…… 복잡해! 복잡해!

그게 귀찮으니까 이렇게 땅콩 나부랭이에 맥주를 마시는 거잖아.

형을 위해 내가 준비한 서프라이즈 메뉴가 있지.

혜미는 호들갑을 떤 후에 냉장고에서 두부와 꼬마김치를 꺼냈다. 자세히 보니 꼬마김치는 그냥 김치가 아니라 볶은 김치였다. 혜미는 두부와 꼬마김치의 포장을 뜯어 접시에 한꺼번에 올린 후, 전자레인지에 돌렸다. 그게 다였다.

짜잔! 먹어봐.

어? 그럴듯하다.

그지? 굉장한 발견 아냐?

왜 이 생각을 못했지?

앞으로는 편의점 앞 테이블에서도 두부김치를 즐길 수 있다는 거지.

그러네. 두부랑 볶은 김치 사서 레인지에 데우기만 하면, 햐! 돈 굳은 기분이다. 네 인생에 가장 빛나는 업적이 될 거 같다.

뭘 이 정도 가지고…… 그건 그렇고 이제 이 집에서 이렇게 술 마실 날도 얼마 안 남았네. 흠…….

왜?

집주인이 방세를 올렸어. 나가라는 소리지.

계약기간이 벌써 끝났어?

혜미의 집은 부산이다. 혜미는 대학을 졸업한 후에 서울로 올라와 카피라이터가 되었다. 예전 집은 이태원에 있던 반지하 방이었고, 지금 집은 번동 꼭대기에 있는 전세 보증금 3,000만 원짜리 오래된 빌라다. 원룸 같은 자취방을 구해본 적 없는 키키봉은 혜미를 만나기 전까지 서울에 그렇게 싼 집이 있는 줄 몰랐다. 세면기 밑에 파이프가 없거나 천장과 벽이 만나는 곳의 벽지는 곰팡이가 슬어야 어울리는 집, 매번 술을 마시면서 키키봉은 혜미가 좀 깨끗한 집에 살기 바랐다. 혜미가 이번에 새로 구하려는 집도 같은 금액으로 비슷한 집을 염두에 두는 것 같았다.

그래서 어디로 가게?

글쎄. 장소야 상관없지. 가격만 적당하고 출근만 가능하면…….

아예 나처럼 결혼자금을 좀 당겨 쓰면 어때?

동생 결혼한 지도 얼마 안 돼서 집에 돈 없을 거야.

지금 보증금이 3,000이니까 결혼하면 얼마 정도 지원해주시냐?

아버지가 전에 얼핏 얘기하셨는데 한 5,000 정도라고 하셨어.

그럼 8,000이네. 은행대출 받고 그러면 서울 변두리에 아파트 정도는 살 수 있을 거 같다.

아파트를 사라고? 젊은데 무슨 아파트를 사? 결혼하면 전세 살아야지.

나 무지막지한 대출 끼고 샀는데 지금 5,000 올랐어. 집값이 오르든 전세금이 오르든 좋은 건 대한민국에서 집주인뿐이야. 투기한다고 욕먹는 건 강남의 BMW 모는 아저씨들이지. 우리처럼 서울 변두리에 소형 아파트 구입하는 건 건전한 재테크야. 더 이상 내려갈 여지도 없으니 이자 갚을 능력 없으면 팔아서 그때 전세 살아도 손해 볼 거 없다.

그래도 그건 좀…….

세상에는 기특한 젊은이들이 많다. 대학 입학한 이후부터 과외 같은 알바를 하며 학비를 해결한 친구들이 있는가 하면, 취업 후 월급을 아끼고 아껴 부모님 용돈도 드리고 집도 사는 박카스 모델 같은 친구들도 있다. 키키봉도 이런 젊은이들을 존경하며 살았지만 부끄럽게도 그렇게 살지는 못했다. 대기업이 아닌 조그만 기획사에서 첫발을 내디딘 키키봉은 매달 카드 값 메우기에 버거웠고, 몇 년이 흘러 월급을 남들만큼 받게 되었을 때는 남들보다 더 많이 술을 마셔 언제나 통장 잔고는 알량했다. 술 좋아하는 혜미의 통장 잔고도 크게 다를 건 없었다. 서울에서 살기 위해서는 전세라고 해도 '억' 소리가 날 지경이니, 키키봉은 차라리

대출을 받아 아파트를 사버리라고 바람을 넣은 것이다. 그날의 술자리가 지난 며칠 후에 혜미가 아니, 혜미 아버지가 용단을 내리셨다.

안녕하세요?

반가워요. 우리 혜미에게 신경 많이 써준다고요? 얘기 많이 들었어요.

말씀 낮추세요. 혜미 친군데요.

허허, 그럴까? 그런데 어느 쪽에 집을 구하는 게 좋을까?

혜미 회사가 성수니까 일단 동북쪽이 좋을 거 같아요. 성수 안쪽으로는 아무래도 비쌀 것 같구요.

부산도 많이 오르긴 했지만 서울은 너무 비싸서 이거 원…….

그래도 잘 찾아보면 괜찮은 아파트가 있을 거예요. 오늘 제가 확실히 운전기사 해드릴게요.

고마워, 형. 저녁에 내가 술 살게.

그래. 이따 이 친구 맛있는 거 사줘라.

그렇게 혜미의 아버지와 혜미, 키키봉의 서울 부동산 투어는 시작됐다. 집값이 다른 지역에 비해 비교적 저렴한 망원동이나 수유리, 서울 근교의 의정부, 덕소까지 부동산 직원과 함께 샅샅이 훑은 것이다. 키키봉이야 이런 경험이 한 번 있었지만, 혜미의 아버지와 혜미는 서울의 비싼 집값과 상대적으로 보잘것없는 집들에 적잖이 실망한 기색이었다. 살기 좋은 곳은 거리가 멀거나 가격이 비쌌고, 개발호재가 있어 가격이 많이 오를 것 같은 곳 역시 이미 인근의 집들과 가격 차이가 꽤 나고 있었다.

그나마 의정부나 덕소의 아파트가 지은 지 얼마 안 돼 깨끗했지만, 문제는 거리였다. 차가 없는 혜미가 출퇴근하기에는 만만치 않은 거리, 하루를 꼬박 돌아본 후에 혜미의 아버지는 하루만 더 돌아보고 결정하자고 하셨다. 다음날은 키키봉이 회의 때문에 차로 같이 다닐 수 없었기에 혜미와 아버지는 도보와 버스를 이용해 집을 봐야 할 상황이었다.

　그래서 덕소에 살기로 한 거야? 아버님은 내려가셨어?

　응. 오늘 계약하고 가셨어. 난 출근해야 해서 아버지가 부동산 가셨거든. 그리고 아파트는 지금 돈으로 서울에서 무리더라. 조만간 결혼도 할 텐데 애매한 부분도 있고 해서 신혼집 개념으로 구했어. 무슨 다리도 뚫린다는데 그러면 출퇴근이 그리 오래 걸리지도 않을 거 같아.

　같이 봤던 그 아파트?

　응. 깨끗하고 좋았잖아. 부모님 가끔 올라오시면 주무시고 가셔야 하니 작은 빌라 같은 건 좀 그래서…….

　혜미는 효자다. 키키봉이 혜미를 효자라고 생각하는 건 책상 앞에 붙여놓은 아버지의 편지 때문이다. 아마도 혜미가 서울에 올라온 지 얼마 안 됐을 때 받은 편지 같았다. 아들아! 야망을 크게 가져라? 그런 내용이 아니다. 편지의 내용은 절반 이상이 다이어트에 관한 것이었다. 살이 찌면 게을러 보여 회사 면접 때도 불이익을 당한다거나, 각종 성인병을 유발하여 건강을 해칠 수도 있으니 반드시 적게 먹고 비만에 유의하란 것이었다. 키키봉이 처음 그 편지를 봤을 때는 적나라한 아버지의 충고에 박장대소를 했지만, 마음속에서는 부자간의 따뜻한 정이 느껴져 가슴이 벅차올랐었다. 혜미 또한 아버지의 소중한 편지를 책상 앞에 붙여놓고 말씀을 허투루 흘리지 않으려 했으니 키키봉 눈에 얼마나 효자로 비쳤겠는가. 혜미의 아파트 계약을 축하하기 위해 2차로 혜미 집에 들러 술을 마시던 키키봉은 또 하나의 편지를 발견했다. 키키봉은 혜미가 씻는 사이 몰래 편지를 펼쳤다. 역시나 아버지가 아들에게 보내는 편지였다.

　사랑하는 아들에게.

　네가 서울에 온 지도 어언 5년이 흘렀구나.
　남자로 태어나 꿈을 이루기 위해 지금의 고생은 이겨내리라 믿는다.
　나는 네가 내 아들인 게 자랑스럽기 그지없구나.
　이제 내가 너에게 해줄 수 있는 것은 아무것도 없다.
　월급 받는 거 아껴서 대출금도 하루 빨리 갚아나가고 결혼도 준비하여라.
　오늘 계약한 금액이랑 복비 등 밑에 적어놓으니 확인해봐라.
　내가 계약했지만 이건 너의 집이니 어른으로 잘해내리라 믿는다.
　늘 건강 조심하고 바른 심성 잃지 말고 남자답게 살아라.

　누가 경상도 남자를 무뚝뚝하다고 했을까? 키키봉은 아들을 향한 아버지의 정이 듬뿍 담긴 편지를 읽으니 눈물이 쏟아질 거 같았다. 어쩌면 무뚝뚝한 경상도 사나이의 편지였기에 더 뭉클한지도 모르겠다. 더구나 편지 말미에는 아파트 계약금이며 복비, 각종 세금들, 잔금 치르는 날짜와 이사비용까지 꼼꼼하게 계산해서 적어놓으셨다. 마치 〈8월의 크리스마스〉에서 시한부 인생을 사는 아들이 아버지를 위해 비디오 사용법을 적어놓은 것처럼 말이다. 키키봉은 어느새 그렁그렁 눈물이 맺혀버린 눈을 훔치며 무감하게 금액들을 확인하다가 이상한 점을 발견했다. 돈 계산을 위해 아버지가 적어놓은 항목 중에 지금 살고 있는 집의 보증금이 3,500만 원으로 되어 있었다. 키키봉은 혜미의 아버지가 착각을 하셨다고 생각했다. 화장실에 있는 혜미에게 "너네 아버지 짱 멋있다. 편지까지 써놓고 가셨어. 그런데 착각하셨나 봐? 보증금을 3,500만 원이라고 쓰셨네." 하고 소리쳤다. 이윽고 효자 혜미가 젖은 머리를 수건으로 닦으며 나와 한마디 했다.

그거 500 뻥땅친 거야!

친구여

삼풍백화점이 무너졌다. 성수대교가 끊어졌다. 대구지하철이 불에 탔다. 그리고…… 혜미가 결혼발표를 했다. 늘 그 자리에 있을 것 같던 존재가 사라질 때의 당혹감은 반복이 되어도 당최 익숙해지지 않는다. 친한 친구가 결혼한다고 할 때마다 키키봉은 마음이 휘청거렸다. 하물며 매일같이 술잔을 기울이던 혜미의 결혼은 키키봉일보의 1면을 장식할 만한 비통한 뉴스다. 힘든 군대생활을 웃으며 할 수 있었던 것도 함께 고생하는 전우들이 있었기 때문인데, 날이 갈수록 수세에 몰리는 초라한 솔로부대에서 혜미의 투항은 남은 부대원들의, 아니 마지막 부대원인 키키봉의 사기를 바닥에 떨어뜨렸다. 혜미의 첫 키스, 혜미의 프러포즈, 혜미의 신혼여행……, 도저히 어울릴 것 같지 않은 조합을 미리 인정했어야 한다. 키키봉과 한 살 차이인 혜미도 노총각이었고, 혜미가 10여 년 동안 교제해온 오랜 애인과 결혼한다는 것은 지극히 당연한 순리다. 봄이 가면 여름이 오고, 겨울이 지나면 꽃이 피는 법이다.

나 결혼해!

꼭 해야 되는 거지?

언제까지 이렇게 지낼 순 없잖아.

이런 날이 올 거란 생각은 했지만 막상 닥치니 적응은 안 되네.

빨리 좋은 사람 만나길 빌게.

그래. 너도 행복해라.

결혼식 올 거지?

응. 갈게.

키키봉은 혜미와 술잔을 기울이며 흡사 애인과 헤어지기라도 하듯 애절한 장면을 연출하고 있다. 그도 그럴 것이 혜미의 애인은 그동안 일본에서 유학 중이었다. 평일 저녁은 물론 주말에도 만나 술을 마실 수 있었던 것은 혜미가 기러기 남친이었기 때문에 가능했다. 애인은 있지만 적적하기론 애인 없는 키키봉과 마찬가지였고, 함께 술을 마시면 중간에 애인을 만나러 간다든가 하는 야속한 배신 따위는 하지 않았다. 키키봉과 혜미가 이성 간의 애정 어린 사이도 아니고, 결혼을 한다고 다신 못 보는 것은 아니어도 분명 달라지긴 할 것이다. 키키봉의 경험상 총각에서 유부남으로 바뀐 친구들은 달갑지 않은 변화를 보여줬다. 마누라에게 쥐여살아 용돈이 적다며 술값 계산서를 내미는 것은 애교 수준이고, 가장 아쉬운 변화는 술자리가 탄력을 받기 시작할 때 텔레비전 리모컨처럼 쥐도 새도 모르게 사라진다는 것이다. 딸자식 시집보내는 아버지라도 된 듯 안타까운 마음에, 키키봉은 총각 혜미와의 마지막 술자리를 끝내지 못하고 술잔만 들이켜고 있었다.

저번에 선봤다고 하지 않았어?

봤어.

괜찮다며?

완벽했지. 유치원 교사에 취미는 요리, 무도회장 같은 곳은 가보지도 못했대.

형이 좋아하는 스타일 아냐? 조신한 여자 좋다고 했잖아?

응. 5년만 교사생활 하고 유치원 연다니 기특하면서 든든하기까지 한 신부감이라고 할 수 있지.

그럼 잘해봐. 나이도 적당하고 딱 좋구만!

모든 조건에 부합되는 거 같아서 연락하지 않기로 했어.

뭐야 그게?

나도 설명은 잘 안 되는데 그게 그랬어. 막상 차곡차곡 단정하고 예쁘게 쌓아놓은 결혼의 조건들 앞에 서게 되니 무너뜨리고 싶더라구.

아직 고독이 고통스럽지 않은 거야. 허벅지를 더 찔러야 돼.

사실 내가 정한 기준이 뭔지도 잘 모르겠다. 결혼은 그냥 이 사람이다, 그런 생각이 들어야 할 거 같아.

그런 사람이 없었어?

아니! 너무 많았어. 물론 과거에…….

결혼적령기를 넘은 미혼남녀의 공통점은 비현실적이라는 거다. 눈높이는 하늘을 찌르고 현실은 땅바닥에 붙어 있다. 그중 한 명이기도 한 키키봉은 이러한 현상이 왜 생기는지 곰곰이 생각해봤다. 추론 과정은 다음과 같다.

〈미혼남녀의 독신탈출 실패 원인에 대한 고찰〉

애인이 없으니 돈과 시간이 남는다. → 남는 돈과 시간으로 문화생활을 더 누린다. → 영화, 연극, 뮤지컬, 외국 드라마를 많이 보다 보니 멋진 캐릭터를 많이 접한다. → 그중에 한 사람을 결혼 상대자로서의 이상형으로 품는다. → 그러나 현실 속의 자신은 이상형의 로드매니저도 되지 못할 초라함의 옷을 입고 있다. → 이상적 결혼과 현실적 결혼의 골은 깊어만 간다.

키키봉도 어쩌면 비슷한 이유로 아직 이 모양 이 꼴인지 모른다. 마음에 드는 여자는 키키봉을 싫어하고, 연애가 가능할 것 같은 여자는 성에 안 찬다. 나이가 찼다고 조급한 마음에 만만한 여자를 골라 감정을 속이며 진짜 사랑한다고, 당신밖에 없다고 할 수도 없는 노릇인데…….

신랑은 신부를 아내로 맞아 평생 아끼고 사랑하며 살 것을 맹세합니까?
넵!

주례 선생님의 질문에 결혼식장 구석에 있던 키키봉은 나지막이 아니오, 라고 속삭였다. 축복만이 허락된 자리에 아기 업고 등장한 사연 있는

내가
독신탈출을
못 하는
이유

애인이 없으니
시간과 돈은
항상 남고…

죽은 시간이…

남는 시간과 돈으로
영화보고, 연극보고,
뮤지컬보고, 미드보고,
일드보고, 여배우
사진집도 사고…

음, 역시…

그러다보니
여자 보는 눈은
점점 더 높아져
하늘을 찌르고…

현실?
그뭐임?

그런데
애인 없는 내 꼴은
점점 더 초라해지고…

그럴수록
이상과 현실의
골은 점점 더
깊어만가고

그래…
생각대로
안 되는게
인생이지

결국
자포자기
모드로.

옛날 애인도 아니고, 무슨 고약한 심보냐고 할 수도 있겠지만 키키봉의 솔직한 심정은 그랬다. 5년 넘게 이삼일에 한 번꼴로 술잔을 주고받으며 견고하게 다진 우정은 웬만한 남녀의 사랑을 비웃을 만큼 각별했다. 무인도에서 둘만 살다 어느 날 갑자기 떠내려 온 작은 뗏목에 혜미를 태워 보낸 기분이었다. 키키봉은 조용히 결혼식장을 빠져나와 인근 편의점을 찾았다. 혜미에게 공항까지 태워달라는 웨딩카 부탁을 받았기에 풍선과 와인을 사러 온 것이다. 꽃 장식은 신부 친구들이 준비해 온다고 했다. 사람 좋기로는 대한민국 1% 내에 든다고 할 수 있는 혜미의 결혼식은 부산에서 열렸는데 서울에서도 많은 하객들이 찾아왔다. 결혼식이 끝난 후 피로연에서 넙죽넙죽 술을 받아 마신 혜미는 키키봉과 2차 술자리를 가졌을 때만큼의 취기를 안고 웨딩카에 올랐다.

형, 고마워!

어.

그래도 형밖에 없다. 부산까지 내려왔다가 다시 서울까지 웨딩카 운전도 해주고…….

웨딩카 요청을 결혼식장에서 하는 사람은 너밖에 없을 거다.

헤헤. 아! 취한다. 자기야, 우리 와인 마시자! 형님이 이렇게 와인도 준비했다.

오빠, 마실 수 있겠어?

이럴 때만 형님이지. 제수씨, 쟤 좀 재우죠?

나…… 끄윽…… 안 취했어. 멀쩡해. 자긴 내 마누라, 그런데 운전하는 사람은 누구세요?

　죽을래?

　헤헤. 형도 빨리 결혼해라. 후련하고 좋네.

　좋으면 좋은 거지 후련하고 좋네는 뭐냐?

　숙제를 끝낸 기분이야. 뿌듯해.

　백미러를 통해 본 혜미의 잠든 모습은 평온해 보였다. 함께 술을 마신 적이 많기에 곯아떨어진 모습을 본 적도 많았는데 지금 혜미의 표정은 한 번도 보지 못한 것이었다. 혜미는 무슨 꿈을 꾸고 있을까? 주말에 사랑하는 아내와 마트 식품매장의 시식코너에서 서로를 먹여주는 꿈? 혜미와 꼭 빼닮은 아기를 배 위에 올려놓고 즐겁게 눈맞춤하는 꿈? 키키봉은 혜미의 꿈속에 지난 술자리의 추억이 비집고 들어갈 수 있을지 자신이 없었다. 잠든 혜미의 손을 꼭 잡고 말없이 있는 제수씨의 표정을 보니 그런 생각이 들었다. 함께 살아가면서 부부는 서로를 닮아간다고 하던데 결혼식을 막 끝낸 혜미와 제수씨는 이미 같은 표정을 짓고 있었다. 키키봉과 닮은 표정을 지닌 여자는 어디서 무엇을 하며 살고 있을까? 차창 밖으로 펼쳐진 어둠을 베어내기 위해 엑셀을 힘껏 밟았지만 끝없이 이어지는 어둠은 연신 키키봉의 앞을 가로막고 있었다.

동맹결렬

키키봉은 여유로운 생활을 위해 프리랜서를 택했다. 극장을 통째로 빌린 것처럼 가끔씩 조조할인 영화를 혼자서 보는 것도 프리랜서만의 특권이다. 남들 바삐 일하는 시간에 서점을 가거나 공원을 거니는 것은 직장인들의 영원한 로망이다. 프리랜서가 된 키키봉은 이런 생활을 만끽하며 사는 편이었다. 그러나 요즘은 아니다. 일이 많아 기뻐해야 할 상황이지만 많아도 너무 많다. 여러 일을 동시에 진행하니 심지어 통화상대를 착각할 지경에까지 이르렀다.

타깃을 생각한다면 감성소구를 해야 할 거 같아요. 예를 들면…….
네? 뜬금없이 감성소구라뇨?
이제는 아파트 광고도 막무가내로 지르는 카피는 안 먹힌다구요.
그렇죠. 그런데요?
그러니까 소비자의 감성을 자극하는 말랑말랑한 카피로 가자는 거죠.

교육과정 개정 홍보물을 담당하시면서 갑자기 무슨 말씀이세요?

네?

저 한 실장입니다. 뭔가 착각을······.

아! 죄송합니다.

멀티태스킹 능력이 현저히 떨어지는 키키봉에게 요즘의 생활은 그야말로 경보로 허들 넘기였다. 스케줄을 시간 단위로 쪼개 카피를 쳐내고, 미팅을 조율하고, 클라이언트와 시안을 협의했지만, 여전히 해결해야할 일은 산적해 있었다. 웹하드에 카피를 올리고 클라이언트가 검토하기 전까지 다른 카피를 쓰던 키키봉은 어딘가로 도망가고 싶은 충동을느꼈다. 이틀만 고생하면 일이 끝나니 진탕 술을 마셔야지, 라는 생각 같은 건 끼어들 틈이 없었다. 영원히 끝나지 않을 것 같은 아득한 스케줄에키키봉의 동공은 서서히 풀려갔다. 담배 한 모금의 열락으로 동공을 다시 조이고 있자니 혜미에게 전화가 왔다.

뭐 해?

담배 피운다.

한가한가 보네.

눈물나게 한가해서 미치기 일보 직전이다.

그래? 일 좀 물어다줄까?

아니. 다섯 건 동시진행 중이야.

뻥이치고 있구나!

이등병 시절을 상기하며 책상 앞에서 각 잡고 카피 쓰고 있다.

그렇구나. 타이밍 참 거시기한데 난 제주도로 휴가 떠나.

뭐라고? 제주도? 나도 데려가! 어? 그런데 신혼여행 다녀온 지 며칠이나 됐다고 휴가야?

회사도 비수기고 애들 방학 전에 안 쓴 휴가 빨리 쓰라고 사장 명령 떨어졌어. 학원광고 쪽은 방학이 정신없잖아.

그래? 암튼 나도 데려가. 안 그러면 향 냄새 맡은 후에 평생 죄책감에 시달리며 살 거다.

일 많다며?

몰라. 마무리는 내가 알아서 할 테니 무조건 데려가.

혜미는 아내와 둘만의 달콤한 여행을 꿈꿨을 거다. 연애기간이 길었다고 해도 상당 기간 떨어져 있었던 혜미는 언제나 짧은 데이트를 아쉬워했다. 비수기 때 갖는 휴가라고는 하지만 이번 여행은 신혼여행만으로 채우지 못한 새신랑의 아내 사랑 일환이었을 거다. 일탈의 욕망 때문에 분위기 파악을 못한 키키봉은 신혼부부의 여행에 끼워달라는 결례를 범하고 말았다. 워낙 친한 사이라 결례라는 말조차 어색하긴 해도, 키키봉과 혜미만의 관계일 때나 그렇지 키키봉과 혜미의 아내가 절친한 건 아닌데도 말이다. 한 번 분위기 파악 못한 키키봉이 두 번 못하란 법도 없다. 급기야는 주객전도의 진수를 몸소 실천하는 지경에 이르렀다.

혜미야!

왜?

생각해보니까 너랑 와이프랑 가는 여행에 내가 끼니 좀 그러네.

그렇지? 그러니까 형은 다음에 따로…….

곤도 데려가자!

응? 누구? 곤 형?

같이 가긴 해도 우린 따로 놀게. 넌 와이프랑 놀아.

넷이 가자고? 흠…… 마눌님이 허락할까 모르겠네.

한번 물어봐! 당연히 오케이하겠지. 막상 둘이 가면 무슨 재미냐?

둘이 가도 재밌는데, 쩝…… 알았어…… (끄응).

결국 제주도 여행은 혜미와 키키봉, 곤이 가게 되었다. 제수씨? 제수씨는 빠졌다. 키키봉만 간다면 모르겠지만 키키봉의 친구까지 혹이 붙은 상황에서 제수씨는 양보를 강요당한 셈이다. 뒤늦게 분위기를 파악한 키키봉이 사과를 하며 그냥 둘이 갔다 오라고 했지만, 혜미는 뚱한 표정을 지으며 형의 사과는 남의 사과를 한 입 베어 물었다가 다시 내뱉으며 돌려주는 격이라고 했다. 별수 있나? 멋쩍은 사과 한 조각을 다시 입속에 넣고 맛있게 씹어 먹을 수밖에.

키키봉은 첫 비행을 선명하게 기억하고 있다. 20대 후반이 되어서야 처음 타본 비행기, 그것은 오늘 만나는 미래였고 충격적 문명체험이었다. 집채만 한 쇳덩이가 하늘을 나는 것도 신기했고 다른 사람들이 키키봉처럼 호들갑떨지 않는 것도 신기했다. 키키봉은 마치 소유즈 우주선이라도 탄 듯 제주도행 비행기에서 한껏 고무되어 있었다. 이륙을 할 때는 마음속으로 카운트다운을 외쳤고, 높은 고도에서 수평비행을 할 때는 창밖의 구름들을 구경하느라 예쁜 스튜어디스는 안중에도 없었다.

비행기 처음 타?

아니. 세 번째 타. 왜?

촌스럽게 왜 그래? 창피하잖아.

너처럼 뚱뚱한 애를 싣고도 비행기가 뜬다는 게 경이롭지 않냐?

비행기가 무슨 행글라이더야?

난 비행기 타는 게 너무 재미있다. 세계여행을 공항만 경유하는 비행기 타기로 했으면 좋겠다.

매일 나보고 시골 사람이라고 놀리더니 완전 서울 촌놈이라니까.

큭큭. 제수씨에게는 미안하지만 비행기 타니 너무 좋다.

에휴! 형 때문에 난 완전히 찍혔어.

서울 돌아갈 때 한라봉 사 가라. 감귤 초콜릿도 사고. 내가 사줄게.

그런 걸로 마눌님 화가 풀릴지…….

제주도에 도착했을 때는 이미 해가 진 상태였다. 인터넷으로 숙소를 미리 정한 키키봉과 곤, 혜미는 중문관광단지 근처 펜션에 짐을 풀고 늦은 저녁 겸 술을 하러 음식점을 찾았다. 정육점을 함께 운영하는 식당은 마치 음식백화점처럼 엄청난 종류의 육류 메뉴가 준비되어 있었다. 주문은 언제나 혜미의 몫이었다. 혜미는 목살과 곱창, 소주를 시킨 후 서비스로 천엽 한 접시란 당부도 잊지 않았다. 벽에 기대 메뉴를 구경하던 곤이 고개를 갸우뚱하더니 식당 아줌마를 부른다.

저건 뭔가요?

뭐요? 애저회 말씀하는 건가요?

네. 애저회가 뭐예요?

임신한 돼지 배를 갈라 꺼낸 새끼돼지 요리예요.

네?

돼지는 원래 날것으로 못 먹는데 태아는 그냥 먹어도 돼요.

새끼돼지를 날것으로 그냥 먹는다고요? 통째로요?

통째로 어떻게 먹어요? 믹서에 갈아서 드리죠.

네? 으…….

조금 드릴 테니까 맛 좀 보실래요?

(셋이 다 같이) 아니오!

프랑스의 어느 여배우가 보신탕 문화를 욕한 적이 있었다. 자신이 먹지 않는다고 남의 음식문화를 욕하는 것은 스스로의 수준을 깎아내리는 행동이다. 키키봉도 보신탕을 먹지 않지만 우리 고유의 문화를 욕하고 싶은 마음은 추호도 없다. 다양성을 인정해야 한다. 키키봉의 방법은 빨리 취해서 비위를 마비시키는 것! 셋은 허기졌다는 이유로 연신 소주잔을 부딪쳤고, 그렇게 제주도에서의 첫날이 저물고 있었다.

군대는 어딜 나왔나?

저는 수색대를 나왔습니다.

저는 공병대요.

저는 공군이요.

다양하구만. 난 맹호부대 나왔어. 오늘은 섬 한 바퀴 돈 후에 갯바위 낚시나 하지.

앗! 그럼 회 먹는 건가요? 명령만 내리십시오! 옆에서 제대로 보좌하겠습니다. 충성!

키키봉은 살아오면서 혜미보다 넉살 좋은 사람을 본 적이 없다. 처음 간 음식점에서도 이모며 형님이며 하며 곰살맞게 구는데 단골 되는 건 시간 문제다. 둘째 날 배를 타고 우도에 들어와 잡은 숙소는 '해오름 민박'이란 곳이다. 민박집 아저씨는 맹호부대를 나와 군복을 입고 생활하는 전형적인 해병대 스타일이신 데 반해 아주머니는 미술을 하는 고운 분이셨다. 아저씨는 조용한 일상을 노크한 세 명의 총각들이 반가웠는지 기분이 좋으신 거 같았다. 혜미는 그런 아저씨와 주거니 받거니 이야기를 나누며 어느새 총애를 한몸에 받고 있었다. 부러운 능력이다. 소심한 키키봉도 아저씨와 허물없이 이야기를 나누고 싶었지만 쉽지 않은 일이다. 낚시를 하러 가는 길, 키키봉과 곤은 뒷자리에서 꿰다놓은 보릿자루처럼 앉아 창밖을 구경했고 봉고 조수석에 앉은 혜미는 쉴 새 없이 수다를 늘어놓으며 아저씨와의 끈끈한 연대를 더욱더 견고히 하고 있었다. 아저씨도 그런 혜미가 싫지 않은지 유독 살갑게 대해주시는 거 같았다.

우와! 이거 낚싯대 얼마짜리예요? 되게 좋아 보이네요.

허허! 이 총각 뭘 좀 아는구만. 대도 대지만 릴이 명품이지.

쩨 같은데요? 어디 거예요?

독일제야. 선물 받은 건데 내가 갖고 있는 릴 중에서 제일 좋은 거지.

이따 저도 한번 던져보면 안될까요?

혜미라고 했나? 자넨 낚시 좀 해?

부산 싸나인데 낚시를 못할 리 있겠습니까? 헤헤.

어? 전화가 왔네. 이거 릴 낄 줄 알지? 이거 좀 끼고 있어봐. 여보세요?

　제주도의 다금바리는 한 마리에 몇십만 원을 호가한다고 한다. 아무리 아저씨가 우도에서 나고 자란 토박이라고 해도 다금바리 잡는 것이 쉬울 리 없다. 키키봉과 곤, 혜미가 바라던 사냥감도 다금바리까진 아니었다. 그저 손바닥만 한 돌돔 몇 마리 낚아 소박한 술자리나 가지려는 심산이었다. 그러나 민박집으로 돌아오는 길, 어망 안에는 한 마리의 복어새끼조차 없었다. 봉고 안에는 침묵만이 흘렀다. 혜미의 실수를 탓하기엔 너무 뜻밖의 사고였다. 그러니까 아저씨가 전화를 하는 동안, 혜미는 릴을 직접 달게 허락해준 아저씨 덕분에 들떠 있었다. 혜미는 뭐가 그리 좋은지 히죽히죽 웃으며 통화가 끝난 아저씨에게 릴을 달아 낚싯대를 건넸다. 아저씨는 바다를 향해 멋지게 와인드업을 했고 낚싯대에 붙어 있던 릴이 펜스를 넘는 홈런 볼처럼 멀리 날아갔다. 아저씨의 표정은 말할 것도 없이 홈런을 맞은 투수의 얼굴이 되어 있었다. 우도에서 2박을 계획했던 우리는 다음날 새벽 서둘러서 짐을 꾸려야 했다.

혜미는 특이한 선물을 많이 한다. 냉장고를 강탈해 갈 때 향을 선물한 것도 의외긴 했다. 무난하게 스킨 같은 화장품도 아니고 향이라니 뜬금없다. 한번은 한양대 쪽 잘 가는 닭개장집에서 술을 마신 적이 있었다. 소주를 한 잔 털어 넣은 후 시뻘건 닭개장 국물을 한 숟가락 먹고 있으니까 혜미가 커다란 쇼핑백을 내밀었다. 생일도 아니었고 혜미에게 선물받을 만한 행동을 한 적도 없었다.

뭐냐?

선물이야.

특별한 날도 아닌데 선물을 왜 줘? 뭐 잘못한 거 있냐?

없어. 형이 제일 좋아하는 거야.

어? 땅콩이네. 이야, 한 달은 먹겠다. 웬 땅콩이냐?

상표를 봐. 우도 땅콩이잖아.

앗! 우도 땅콩이다.

키키봉은 땅콩을 광적으로 좋아한다. 맥주를 마실 때는 언제나 땅콩이 들어간 안주를 시킬 정도고, 이젠 일부러 땅콩만 사서 먹는 마니아가 되었다. 당연한 소리이겠지만 땅콩은 중국산에 비해 국산이 월등히 맛있다. 물론 맛있는 만큼 국산 땅콩은 비싸다. 국산 땅콩이면 언제나 대만족이었던 키키봉이 그 우도 땅콩을 처음 먹은 건 제주도 여행 3일째였다. 해오름 민박에서 야반도주한 그날에 키키봉과 곤, 혜미는 우도의 바다를 구경하고 드라이브를 한 후에 터미널에서 배를 기다렸다.

우도는 땅콩이 정말 콩알만 하네. 이거 얼마예요?

2,000원이에요. 한번 드셔보세요. 우도 땅콩 먹으면 다른 땅콩 못 먹어요.

한 개 주세요. 자 곤이 한 알, 혜미도 한 알, 난 한 주먹!

어? 진짜 맛있다. 그지?

응. 되게 고소하네. 집집마다 땅콩 말리는 이유가 있었구나. 우도 땅콩이 유명한가?

그렇다고 하네. 우도 주민 70%가 땅콩 농사를 짓는대. 기후가 맞나 봐.

아! 이거 서울 가면 못 먹는데 한 박스 사가고 싶다.

응. 서울에서 팔아도 되겠다. 고소함의 수준이 다르네. 땅콩지존이다.

다른 지역의 땅콩이 고구마 같은 타원형이라면 우도 땅콩은 감자처럼 동글동글했다. 고소함에도 레벨이 있는지 모르지만 우도 땅콩은 최상급의 고소함을 뽐내고 있었다. 우도 땅콩을 두 봉지 더 비웠을 때쯤 키키봉은 터미널의 분위기가 이상하다는 생각을 했다. 제주도로 출항할 시간이 가까워오는데도 터미널은 한산했다. 심지어 매표소의 여직원은 대합실에 나와서 텔레비전을 보고 있었고 매점 아줌마도 장사 의지가 없어 보였다. 키키봉은 대합실을 나와 항구 쪽을 봤다. 출발 5분 전, 항구에는 배가 없었다.

저기요. 11시 30분에 출발하는 배가 아직 도착 전인가요?

오늘 나가는 배 없는데요. 풍랑주의보 때문에 배 못 떠요.

네? 파도도 세지 않은데 풍랑주의보라뇨?

지금은 저래도 여기 바다는 금방 세져요. 아까 방송 못 들으셨어요?
안내방송을 했었어요? 저흰 못 들었어요. 야! 너네 방송 들었어?
아까 뭔가 나오는 거 같았는데 그게 그거였구나.

애초에 우도에서의 일정을 이틀로 잡았다면 상관없지만 제주 이틀, 우
도 하루로 계획을 잡았던 키키봉은 허탈했다. 이미 우도를 다 둘러봤으
니 딱히 할 것도 없었고, 더구나 만나면 어색한 민박집 아저씨까지 있다.
졸지에 섬에 갇힌 남자 셋은 해오름 민박이 있는 곳의 정반대편에 숙소
를 정하고 빈둥빈둥 다음날을 기다려야 했다.
　생각해보니 이번 제주도 여행은 계획대로 된 것이 하나도 없다. 혜미
의 경우는 아내와의 오붓한 여행에서 남자 둘과의 칙칙한 여행으로 바
뀌었다. 언제나 사서 먹던 회를 직접 잡아서 먹자는 애초의 계획 또한,
심청이가 인당수에 빠지듯 사라져버린 아저씨의 릴 때문에 물 건너갔
다. 심기일전하여 제주도에서 여행 마지막 날을 불태우자는 계획도 갑
자기 찾아온 풍랑으로 변경해야 했다. 계획대로 즐긴 여행과 변수들로
가득한 여행 중에 어떤 것이 더 좋을까? 확실한 것은 변수가 함께하는
여행이 더 오랜 기억의 유통기한을 갖는다는 것이다.

씨네21

키키봉은 선생님을 싫어한다. 학창시절에 만났던 수많은 선생님들은 대개가 실망스러웠다. 부모님에게 촌지를 요구하는 선생님, 자기 분을 못 이겨 사랑의 매인지 의심스러울 정도로 풀스윙을 하는 선생님, 제자 사랑을 못된 스킨십으로 실천하는 변태 같은 선생님 등 자격미달의 선생님을 수도 없이 보며 자랐다. 그러나 책을 즐겨 읽지 않는 키키봉이 재미있게 읽은 책은 반드시 베스트셀러가 되는 것처럼, 열악한 은사환경 속에서 빛을 발하는 선생님도 몇 분 있었다. 바쁘다는 핑계로 연락이 소원했지만 마음속 존경심만은 거두고 있지 않은 선생님이 딱 세 분!

첫 번째는 고등학교 2학년 때 담임선생님이신 최인호 선생님이다. ROTC 출신이셨던 최인호 선생님은 당시에 공포의 대상이었다. 학생들을 무지막지하게 때리고 기합을 주셨는데, 아이러니하게도 고등학교 때 가장 고마운 선생님으로 기억에 남았다. 매주 토요일마다 반 아이들과 축구를 하고 졸업하는 날에 술을 가르쳐주신 선생님. 어른이 되고 나서

176

도 호된 꾸지람이 필요하다 싶을 때면 최인호 선생님의 매가 그리워지기도 한다.

　두 번째로 존경하는 선생님은 최인호 선생님과 정반대 스타일이셨던 분으로, 대학교에 떨어진 후 재수 때 알게 된 김문선 선생님이다. 요즘은 어떨지 모르지만 키키봉이 재수를 할 때만 해도 학원 선생님에게 학교 선생님의 깊은 정을 기대하는 것은 무리였다. 성적을 올리기 위한 가르침이 학교 선생님의 그것보다 우수해도 단지 그것뿐이었다. 그러나 어렸을 적 소아마비를 앓아서 한쪽 다리가 불편하신 김문선 선생님은 달랐다. 학생들이 졸려 할 때 100명도 넘는 학원생들에게 아이스크림을 사서 돌리신다거나, 입시 100일 전에 합격기원 은반지를 돌리신 건 김문선 선생님에게 대단한 일도 아니었다. 학원생 중에 집안 형편이 넉넉하지 않은 삼수생 형이 있었다. 아버지는 택시 운전수 일을 하고 계셨는데 어느 날 교통사고를 내서서 집안형편은 더 어려워졌다. 급기야 학원비조차 내기 힘들었던 삼수생 형을, 김문선 선생님은 당신 자식의 과외교사로 뽑으신 거다. 자존심 셌던 제자에게 그냥 돈을 줄 수 없어 정당한 대가로 지불하려 한 것이지만 모든 제자들은 선생님의 깊은 정을 알 수 있었다.

　마지막으로 존경하는 선생님은 탁정언 선생님이다. 카피를 가르쳐주신 분인데 개인적으로는 사부님이라고 부른다. 탁정언 선생님은 사제지간도 우정을 나눌 수 있다는 것을 가르쳐주신 분이다. 가령 키키봉이 여자 문제로 고민할 때 탁정언 선생님은 충고와 조언보다는 같은 편이 되어주신다. 심지어 당신의 과거 여자 이야기를 들려주시며 "괜찮다. 다

나만 따라오삼

탁사부

그렇게 사는 거다." 하고 말씀해주신다. 그럴 때는 없던 용기까지 생기곤 했다. 키키봉 인생의 큰 스승님은 그렇게 세 분이셨다.

그리고 이제 한 분을 추가해야 할 거 같다.

상무님은 만나봤어?

응? 시스컴? 아니. 정신없어서 연락도 못 드리고 살았네.

상무님이 너 한번 안 오냐고 물으시더라.

무슨 일 있으신가?

글쎄. 나야 잘 모르지. 전화 한번 드려봐.

알았어.

키키봉은 프리랜서로 일하기 전에 시스컴이란 광고회사를 다녔다. 그 전에 다니던 회사에서는 카피라이터가 키키봉 혼자거나 가끔 신입으로 부사수가 있기도 했는데, 시스컴에서는 오히려 키키봉이 부사수였다. 카피라이터 상무님이 버티고 계셨기 때문이다. 엄청난 독서량을 자랑하며 클래식 음악을 즐겨 듣던 상무님은, 아니 사수는 키키봉에게도 종종 책을 선물하셨다. 좋은 카피라이터가 되기 위해 독서는 필수니 부사수 입장에서는 고마운 일이었다. 카피를 쓰고 사수의 컨펌을 받으면 돌아오는 건 언제나 칼질이었던 그때, 매일 이를 갈며 카피를 써도 버틸 수 있었던 건 매주 공짜로 보는 〈씨네21〉 때문이었을지도 모른다. 당시 시스컴은 〈씨네21〉에 시계광고를 게재하고 있었는데 매주 잡지사에서 게

재광고 확인용으로 몇 권의 〈씨네21〉을 주었다. 사수는 그중 한 권을 항상 키키봉 몫으로 챙겨주셨다.

여보세요?

그래. 잘 지내니?

연락도 못 드리고 죄송해요. 요즘 일이 몰려서 정신이 없네요.

프리랜서가 일 많은 건 좋은 일이지. 열심히 해라.

네. 시스컴은 좀 어때요?

여기야 늘 똑같지. 뭐…….

한번 찾아뵙고 맥주라도 한잔해야 되는데요.

짬 날 때 한번 들러라. 전화 미리 하고 와.

네. 연락드릴게요.

그땐 매일 야근이 이어졌다. 사수에게 받은 책을 읽고 매주 〈씨네21〉을 공짜로 보는 것도 좋았지만 키키봉은 퇴사를 결심했다. 친구와의 술 약속도 야근으로 무산되길 몇 차례, 키키봉은 동갑내기 여자 카피라이터를 후임으로 소개한 후에 시스컴을 나왔다. 사장님에게 말씀을 드리기 전에 사수에게 먼저 퇴사를 알렸는데 그때의 사수 표정을 잊을 수가 없다. 배신감을 느끼는 것도 같았고 연일 이어진 야근에 대한 미안함이 어린 것도 같은, 복합적이고 당혹스러운 표정이셨다. 후임 카피라이터와 통화를 한 후 사수에게 바로 전화를 드렸지만 키키봉이 시스컴을 찾은 건 그 후 몇 달이 지나서였다.

안녕하세요?

응. 잘 지냈나? 일은 여전히 바빠?

아뇨. 요즘은 또 한가하네요.

바쁘면 한가할 때도 있는 법이지. 조급하게 생각하지 말고 시간 남을 때 책 많이 봐둬.

네.

시스컴은 여전히 포에버 야근인가요?

아니. 요즘은 그렇지도 않아. PT 걸리면 할 수 없지만 예전만 못해.

사장님은 안 좋고 직원들은 좋고 그렇겠네요.

그렇지, 뭐. 참! 이거 가져가.

이게 뭔가요?

사수가 건네신 건 쇼핑백 네 개였다. 교보문고 종이 쇼핑백을 두 개씩 겹친 것 안에는 키키봉이 퇴사를 한 직후부터의 〈씨네21〉이 한 권도 빠짐없이 담겨 있었다. 영화를 좋아하는 부사수를 위해 매주 챙겨주시던 〈씨네21〉은 부사수가 그만둔 뒤에도 주인을 기다리며 차곡차곡 모아지고 있었다. 사수는 언젠가 만날 부사수를 위해 한 권씩 빼서 따로 보관을 해주신 거다.

광고회사에서 사수와 부사수의 관계는 흔히 도제관계라고 할 만큼 상하가 엄격하지만, 다 옛말이다. 카피는 혹독하게 가르치고, 술값은 무조건 사수가 내고, 디자이너와 AE(Account Executive, 광고기획자)의 공격에 바람막이가 되어주는 사수의 모습은 어느덧 아련한 옛 모습이라고

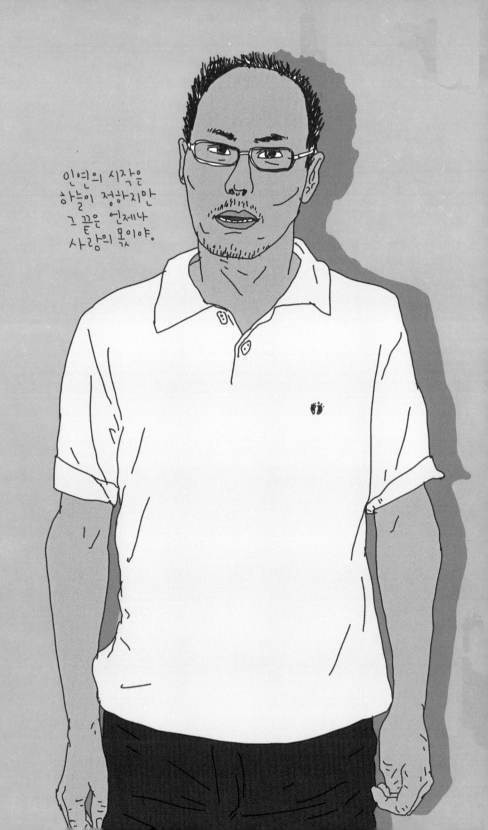

인연의 시작은
하늘이 정하지만
그 끝은 언제나
사람의 몫이야.

생각했는데, 네 개의 쇼핑백에 담겨진 〈씨네21〉을 보며 키키봉은 숙연해지기까지 했다. 과연 키키봉이 이런 사랑을 받을 만한 부사수였는지 의문이 들었다. 매일 야근했던 그때는 사수가 버티고 있어서 집에도 늦게 가는 거라고 생각했는데, 어쩌면 사수는 못 미더운 부사수 때문에 집에 못 갔던 것은 아니었을까? 부사수의 불완전한 카피를 다듬고 굳이 야근을 안 해도 될 임원의 위치에서 부사수와 함께 밤을 새기 위해 남았던 것은 아니었을까? 키키봉은 양손에 두 개씩 〈씨네21〉이 든 무거운 가방을 들고 집에 오며 옛날에 했던 사수의 말씀을 되새기고 있었다.

인연의 시작은 하늘이 정하지만 그 끝은 사람의 몫이야.

사랑니

10년 전에 사랑니를 뽑은 적이 있다. 밤에 잠을 잘 수 없을 정도로 치통이 심해서 다음날 한림대학병원에 갔더니 양쪽 아랫니 안쪽에 사랑니가 나서 뽑아야 한다는 것이었다. 한 번에 양쪽 사랑니를 다 뽑을 수는 없고 일주일 간격을 두고 하나씩 뽑아야 한다고 했다. 눈물이 날 정도로 묵직한 치통이 두려워 사랑니 하나를 냉큼 뽑은 후, 일주일간 금주하라는 의사의 지시가 내려졌다. 1년 365일 중에 일주일간 술을 먹지 않은 때도 꽤 있을 텐데 막상 먹으면 안 된다는 소리를 들으니 얄밉게도 술자리가 줄을 이었다. 군대에서 휴가를 나온 후배는 술을 안 먹는 키키봉에게 변했다며 섭섭해했고, 애인과 헤어진 친구는 그깟 이빨 때문에 친구의 죽음 같은 고통을 외면하냐며 노골적으로 불만을 터뜨렸다. 사람 좋아하고 술 좋아하는 키키봉에게 발치 후 일주일의 금주기간은 감옥 같은 나날이었다. 드디어 일주일이 지났다. 키키봉은 병원에 가서 남은 사랑니를 뽑는 대신에, 친구를 불러내 술을 마셨다. 몇 개의 중요한 술 약속을 의무방어전처럼 치러낸 후에 사랑니를 뽑을 계획이었다. 다음 주에 뽑으면 된다. 다음 주에 뽑으면 된다. 그렇게 앵무새처럼 같은 말을 반복하며 술을 마신 지 10년이 흘렀다.

엥? 밥 잘 먹고 더럽게 뭐 하는 거야?

혜미야? 내가 이빨 보여줄까?

내가 왜 형 이빨을 봐?

난 사랑니가 썩어서 밥을 먹고 나면 꼭 밥알 하나가 통째로 낀다.

그럼 뽑아야지. 그렇게 흉하게 이빨을 쑤시니 여자가 없지.

네 앞이라 이러지 여자 앞에서는 안 그런다.

도대체 사랑니가 얼마나 썩어서 밥알이 통째로 껴?

숟가락으로 키위를 파 먹은 것처럼 사랑니가 뿌리만 남은 지 어언 10년이다.

그럼 10년 동안 밥을 먹으면 항상 밥알이 낀 거야?

응.

형도 참 갑갑하다. 그걸 뽑아버려야지.

뽑아야겠지?

그걸 말이라고 해?

키키봉은 치과를 불신하는 편이다. 경험한 적은 없지만 치과에서 불쾌한 일을 겪었다는 소리를 너무 많이 들어서다. 무조건 스케일링부터 하게 하려는 치과 얘기도 얘기지만, 요즘은 안 뽑아도 될 이빨을 뽑고 임플

란트를 한다는 무시무시한 소리도 들었다. 춘천에 살고 있는 친구에게 이런 얘기를 했더니 경험자로서의 조언을 줬다. 명칭은 정확하지 않지만 '건강한 치과의사협의회' 소속 치과를 가란 것이었다. 대부분 운동권 출신의 정의로운 의사들이 많다는 이 단체는 바가지를 절대 씌우지 않고 서민의 편에서 성심성의껏 치료를 한다는 것이었다. 키키봉은 인터넷을 검색해서 목동에 있는 치과를 찾아갔다.

사랑니를 뽑으러 왔는데요.
어디 좀 볼까요?
그런데 혹시 이곳이 건강한 치과의사협의회 소속 치과인가요?
하하. 그런 얘기는 어디서 듣고 오신 거죠?
친구가 여기 오면 정직하게 치료해준다고 해서요.
네. 저희는 거기 소속은 아니지만 정직하게 치료하니까 걱정하지 마세요.
인터넷에는 회원 치과라고 했는데 아닌가 봐요?
예전에는 그랬는데 지금은 아니죠. 걱정하지 말고 어디 좀 볼까요?

키키봉은 건강한 치과의사협의회 소속 치과가 아니라는 말에 불안한 마음이 들었지만 일단 진료나 받자는 생각으로 의자에 누웠다. 의사는 전선이 연결된 볼펜 같은 렌즈로 입속을 이리저리 비췄고 모니터에는 키키봉의 입속이 적나라하게 뜨고 있었다. 조근조근 친절하게 대화를 했던 의사는 어느샌가 입을 닫아버렸고 그의 표정은 놀라움과 당혹감으로 가득 차버렸다. 키키봉은 생각했다. 이제 슬슬 의사의 수작이 시작될

것이다. 어두운 표정은 키키봉에게 사태가 심각하다고 연막작전을 펴기 위함일 것이다. 엄청난 치료비를 뜯어내기 위해 어려운 전문용어를 써가며 키키봉의 판단력을 흐릿하게 만들 것이다. 정신을 바짝 차리는 길만이 바가지의 낭패에서 벗어나는 길이다.

네. 됐습니다. 일어나세요.

사랑니가 많이 썩었죠? 뽑으려면 비용이…….

사랑니는 일단 바로 뽑아야 할 것 같습니다. 여기 화면 좀 보실까요?

이게 제 이빨인가요? 헉!

제가 20년 넘게 치과 하고 있지만 환자 분처럼 충치 많은 분은 처음 봅니다.

이게 진짜 제 이빨인가요? 무슨 이빨이 흰색보다 검은색이 더 많죠?

충치가 다 합해서 열아홉 개입니다.

네? 아니 사람 이빨이 몇 갠데 충치가 열아홉 개인가요?

하하. 확실한 건 열아홉 개보다는 많다는 거네요. 사람의 치아는 총 스물여덟 개입니다.

그럼 아홉 개를 뺀 나머지 이빨이 다 충치란 말씀이세요?

그렇죠. 빨리 치료하지 않으면 충치는 전이되어 점점 늘어날 겁니다.

건강한 치과의사협의회 소속이냐 아니냐는 이미 의미가 없었다. 사람의 치아가 아닌 동물의 이빨을 본 키키봉은 적잖은 충격을 먹었다. 의사와 이것저것 이야기를 나눈 후 키키봉의 평소 치아관리도 엉망이었다는 것을 깨달았다. 아침에 일어나 건성으로 한 번 하는 양치질이 전부였던 것이다. 양치질 또한 방법이 잘못되어 치아 사이의 이물질들은 제거도 안 되었는데, 그저 치약 향의 상쾌함만으로 청결을 유지하고 있다고 착각한 것이다. 점심식사를 한 후에는 물론, 심지어 자기 전에도 양치질을 하지 않던 키키봉은 의사가 목사라도 되는 양 그 앞에서 참회를 하고 있었다. 지난날을 반성하며 건치 키키봉으로 거듭나리라 다짐했다.

돈은 얼마가 들어도 좋으니 전부 수리해주세요.

수리요? 그래야죠. 아직 연식이 있는데 다 고쳐 써야죠. 하하.

생각해보니까 제가 10년만에 치과를 온 거 같아요.

치과는 1년에 한 번씩은 오는 게 돈 버는 겁니다. 늦으면 늦을수록 치아 상태는 나빠지고, 간단히 때울 것도 뽑아내고 새로 심어야 되기도 하거든요.

이번에 다 고치면 앞으로는 그래야겠어요.

우리 몸 중에서 지옥이 있다면 그건 아마도 입속일 거예요. 뜨거운 국과 직접 닿았다가 차가운 아이스크림과도 닿았다가, 그 정도 온도 차면 지옥이라고 해도 과언이 아니죠.

네.

키키봉의 치아개선 프로젝트는 한 달에 걸쳐 진행되었다. 가장 먼저 사랑니를 제거했고 일주일이 지난 후부터 한 번에 두세 개의 치아를 치료했다. 다행스러운 것은 사랑니 외에는 발치를 할 만큼 심각한 치아가 없었다는 것이다. 열아홉 개의 충치를 보유해놓고 다행이라고 하는 것이 어불성설일지 몰라도 대부분의 손상된 치아에 아말감이나 금 등을 메우는 것으로 끝났으니 각오했던 것보다 금액이 어마어마하지는 않았다. 물론 사랑니 옆에서 충치균의 침입을 온몸으로 막아낸 어금니는 회복불능 상태였고, 크라운이라는 것을 덮어씌우는 것으로 살신성인의 충정을 치하했다. 치아의 치료가 모두 끝난 후 키키봉의 감동은 LA갈비를 뜯을 수 있는 멀쩡한 치아 상태보다 치료기간 중 보여준 의사의 모습에서 비롯되었다. 진료를 할 때 당황해 말문이 막혔던 의사는 정작 치료 시에 수다쟁이가 되었다. 세상에서 가장 고마운 수다쟁이 말이다.

자! 마취주사를 세 방 놓을 겁니다. 아프지는 않지만 약간 따끔해요. 아! 움직이지 마세요. 1초도 안 걸려요. 여기가 아프죠? 내일부터는 여기 안 아픕니다. 다 끝났어요. 겁먹지 마세요. 이건 안 아픈 주사입니다. 그렇죠? 안 아프죠? 신경치료는 원래 되게 아픈데 다행히 치료하기 편하도록 썩었어요. 금방 끝납니다. 아픈 치료 오늘부터 끝이고요. 내일부터는 가벼운 마음으로 소독만 하면 됩니다. 고생 많으셨어요. 흠흠~ 옛날에 금잔디…… 환자분 이제부터 맛있는 거 많이 드시고 양치질도 꼬박꼬박 하세요. 라라랄 랄라…….

치과를 가는 건 어른이나 아이를 막론하고 두렵다. 치과에 있는 치료 도구를 직접 본다면 공포는 갑절로 커진다. 집 한 채도 지을 수 있을 거 같은 각종 연장들을 보면 치통 또한 사라지는 듯하다. 키키봉이 갔던 치과의 의사는 사시나무 떨 듯 오한 어린 키키봉을 안심시켜 주었다. 의사의 작은 손짓을 따라가며 치료 상황은 그의 입을 통해 실시간 중계가 계속되었고 순간순간 키키봉은 마음의 준비를 할 수가 있었다. 특별한 중계가 필요 없는 소강상태의 치료 시에는 콧노래를 흥얼거리며 안정을 취하도록 배려했다. 긴 치료기간이 끝난 후 수백만 원의 치료비가 깨졌음에도 키키봉은 오렌지주스 선물세트를 의사에게 건넸다. 그것은 30대 중반의 나이에 어린아이처럼 공포에 떨던 키키봉에게, 눈높이를 맞춰 소아과식 진료를 해준 의사에 대한 보답이었다.

기억상실

군대에 다녀온 뒤 복학을 했을 때 가장 적응하기 힘들었던 것은 워드프로세서로 리포트를 작성하는 것이었다. 입대 전만 해도 전부 손글씨로 제출하던 리포트는, 컴퓨터로 작성하도록 바뀌어 있었다. 삐뚤삐뚤 정성껏 눌러쓴 키키봉의 리포트는 기껏 이렇게밖에 못하냐는 교수님의 핀잔만 불러일으켰다. 시간은 흘러 키키봉은 대학을 졸업하고 웹진 기자를 거쳐 카피라이터가 되었다. 이제는 생각을 텍스트로 바꾸는 모든 작업을 오직 컴퓨터로만 하고 있다. 펜은 술집에서 카드를 긁고 난 이후 사인할 때가 아니면 쓸 일 없는 생활 속에서, 마침 필력을 올리기 위해서는 좋은 문학작품 하나를 선정해 필사를 하는 것이 좋다는 소리를 들었다. 키키봉은 김훈의 『남한산성』이란 책을 골라 필사를 하기로 마음먹었다. 두툼한 원고지를 사서 첫 페이지부터 정성껏 필사를 하니 속도가 안 난다. 속도도 속도려니와 가장 힘든 점은 손가락이 아파서 글을 쓸 수가 없다는 것이었다. 어느새 펜보다 컴퓨터 자판이 더 익숙해진 것이다. 굳이 시간을 따져보지 않아도 펜과 자판의 속도 사이에는 너무 큰 간극이 있었다.

세상이 편리하게 진화한 만큼 사람의 신체적 능력은 퇴보한다. 그중 하나가 전화번호에 대한 기억력일 것이다.

도대체 뭐야?

미안해. 핸드폰 배터리가 없었어.

공중전화로 걸면 되잖아.

번호를 알아야 걸지.

형이랑 술 마신 지 5년이 넘었는데 아직 내 번호도 몰라?

단축키만 눌러 거니까 정작 번호는 생각 안 나더라.

산속에서 인터넷이 되는 것도 아니고.

꽤 큰일이었는데 형 때문에 날아갔잖아. 연락만 됐어도…… 에잇!

그러니까 미안하다고. 나도 깨달은 바가 많다.

거래처 직원의 워크숍에 따라갔던 키키봉은 핸드폰 배터리를 충전하지 못해 혜미와의 연락이 두절됐었다. 혜미는 프리랜서인 키키봉에게 꽤 큼지막한 일을 물어주기 위해 백방으로 노력 중이었다. PT가 얼마 남지 않은 상황에서 마지막으로 클라이언트와 통화를 한 후 일정을 체크해야 하는데 본의 아니게 키키봉이 잠수를 타버린 격이었다. 어쩌면 혜미가 열을 올리는 이유가 일감이 날아간 것보다 자기 전화번호조차 외우고 있지 않은 키키봉의 무심함 때문인지도 모른다. 솔직히 키키봉도

혜미의 전화번호가 생각 안 났던 건 의외였다. 이틀이 멀다 하고 만나 술
잔을 기울이는 사이에 전화번호도 모른다니, 혜미에게 미안했다. 내친
김에 키키봉은 주변 지인들의 전화번호를 떠올려봤다. 참담하게도 기억
나는 번호가 하나도 없었다. 가족들 번호도 기억나지 않고 하루에도 몇
번씩 통화했던 예전 애인의 번호조차 기억나지 않았다. 디지털 치매에
걸린 것이다.

아날로그에서 디지털로 바뀌면서 나는 원시인이 되었다.

형은 아날로그 시절에도 원시인이었어.

디지털 문명에 반기를 들 수는 없어도 옛것을 소중히 하기로 했다.

술에 취해 과거의 여자에게 전화하는 것도 같은 맥락이야?

혜미야! 자꾸 까불면 널 예전에 존재했던 후배로 만들어줄 수도 있다.

형! 거창하게 떠들지 말고 내 전화번호나 외우는 게 어떨까?

물론이지. 앞으로는 네 번호는 물론 지인들의 번호를 다 외울 거야.

형 머리로 불가능한 미션 같은데…….

마음껏 비웃어라. 네가 그런다고 나의 아날로그 회귀의지를 막을 수는
없다.

막을 생각 없으니까 얼마든지 돌아가셔.

키키봉은 집으로 돌아와 실생활에서 접하는 디지털 기술들을 체크해
보았다. 사실 디지털 기술이라고 해서 꼭 첨단 기기들에만 국한시킨 것
은 아니다. 그저 더 편한 생활을 인류에게 제공하기 위한 모든 기술을 포

함시킨 것이다. 가장 먼저 떠올린 것은 핸드폰이다. 기억력 감퇴의 주범이자 사람과 사람 사이의 관계를 삭막하게 만드는 핸드폰. 키키봉은 단축 다이얼을 자제하고 전화로 안부를 묻기보다는 약속을 정해 직접 만나는 걸 선호하기로 했다. 다음은 컴퓨터였다. 프리랜서 카피라이터기에 일하는 시간에는 언제나 얼굴을 맞대고 있어야 하는 놈이다. 인터넷 뉴스 덕에 신문을 본 지도 오래된 것 같고 커뮤니티나 메신저, 블로그 등은 원치 않는 중독성을 뿜어내며 키키봉을 끌어들이고 있었다. 그다음은 MP3 플레이어. MP3를 즐겨 듣지는 않지만 선물 받아 몇 번 사용한 덕분에 아날로그 특유의 가슴을 쓰다듬는 음색에 대한 기억을 망실한 지 오래다. 키키봉은 하나씩 디지털 제품들을 반추하며 인간은 역시 기계보다 위대하다는 알량한 자족감을 만끽하고 있었다. 핸드폰에 문자메시지 하나가 들어온 건 키키봉이 안티 디지털리스트가 되기로 결심한 후 잠자리에 들기 직전이었다.

키키봉 씨, 주무세요? 같이 술 한잔하지 않으실래요? 잠이 중요하지 않다면…….

새벽 1시에 술을 마시자는 문자가 온 것이다. 다소곳한 뉘앙스로 볼 때, 분명 여자에게서 발신된 것임을 키키봉은 육감으로 알 수 있었다. 스팸문자라고 하기에는 문장의 구조나 화면 구성이 평소 익숙했던 것들보다 단출했다. 혜미가 술에 취해 장난문자를 보낸 건 아닐까도 생각했지만 찍힌 전화번호가 낯설었다. 키키봉을 아는 여자가 보낸 것임에 틀림

없었다. 정확한 호칭 사용이 그 증거다. 새벽 1시에 정체불명의 여자에게 문자를 받은 노총각 키키봉의 가슴에는 불이 났다. '당장 달려 나가 술을 마시면 그다음은 뭐지?' 라는 야한 상상력을 발휘하니 갑자기 겁이 나기도 했다. 키키봉은 허벅지를 바늘로 찌르며 답장문자를 보냈다.

실례지만 모르는 번호라서요. 누군지 먼저 밝혀주시죠!

키키봉은 미지의 여자에게 올 답장문자를 기다리며, 보낸 문자의 문맥을 낱낱이 파헤치고 있었다. 섬씽과 낫씽의 아슬아슬한 줄타기에서 균형을 잃는 것은 금물이다. 상식적인 선에서 대응을 하면서도 상대가 움츠러들 만큼의 완고함은 내비치지 말 것! 여자가 기껏 용기를 내서 연락을 했다면, 그것도 새벽 1시의 연락이라면 취기에 기댔을 가능성이 크다. 평소 흠모했다는 식의 연락만 와준다면 키키봉은 즉각적인 반응을 하리라 다짐했다. 혜미와의 가벼운 술자리로 이성도 지근거리에 마실간 상황, 세상이 욕해도 어쩔 수 없다. 독수공방 노총각의 밤은 이런 것이다.

죄송해요. 제가 술이 좀 취해서…… 늦은 시각에 실례가 많았어요. 그냥 꿈꿨다고 생각하고 잊어주세요.

우려했던 일이 발생했다. 정체불명의 여자가 키키봉의 이성적인 문자에 이성을 찾은 것이다. 이름만 밝혔어도 아니, 단 한 번의 제의만 더 했어도 키키봉은 한걸음에 달려나갈 생각이었다. 로맨스 없는 일상에 그

누구보다 가슴 떨리는 사랑을 영화처럼 시작할 생각이었다. 키키봉은 정체불명의 여자에게 그렇게 의지가 약하면 험난한 세상을 어떻게 헤쳐나갈 거냐며 꾸짖고 싶었다. 남녀를 막론하고 뜻한 바가 있으면 실천이 뒷받침돼야 성공할 수 있다고 독려하고 싶었다. 그러나 소심한 키키봉이 취할 수 있는 최선의 방법은 취한 것 같으니 조심히 귀가하고 나중에 연락하란 가식적인 친절뿐이었다. 키키봉이 잠든 건 새벽 5시를 넘긴 시간이었고 더 이상의 문자는 오지 않았다.

너냐? 도대체 누구 핸드폰으로 시시껄렁한 장난을 친 거야?

내가 미쳤어. 형한테 그런 장난쳐서 무슨 이득이 있다고…….

그럼 누구지? 여자 같았는데…….

모르는 번호야? 다시 전화해봐!

전화하는 것도 웃기지 않냐? 전화해서 뭐라고 해?

어젯밤 기억나냐며 정체가 궁금하다고 솔직히 말해.

그게 뭐야? 너무 실없잖아.

응. 원래 형 실없잖아.

가장 유력한 용의자였던 혜미는 수사선상에서 제외됐다. 전화번호가 저장되지 않은 이성의 지인 중 평소 키키봉에게 호의적인 사람은 누구였을까? 아무리 생각해봐도 마땅한 인물이 떠오르지 않았다. 야심한 밤 정체불명의 여자에게 문자가 온 후 일주일이 흘렀지만 더 이상의 연락은 없었다. 궁금한 마음에 눈까지 퀭해진 키키봉은 연락을 해보기로 작정했다. 쉼 호흡을 크게 한 후 키키봉은 지우지 않은 문자를 화면에 띄우고 통화버튼을 눌렀다. 최신 유행하는 컬러링이 키키봉의 심장박동에 맞춰 빠르게 흘러나왔지만 받는 사람은 없었다. 정체불명의 여자는 누구였을까?

공일공에 육오공구, 삼하나칠하나…… 공일공에 육오공구, 삼하나칠하나…….

어느새 키키봉의 디지털 치매는 씻은 듯이 낫고 있었다.

울면 안 돼

    강원도 평창군 봉평에는 '허브나라'란 곳이 있다. 지천에 널린 허브들로 유명한 이곳에는 예쁘장한 숙박시설도 있다. 허브 향 가득한 실내에는 아일랜드식 주방이 있고 벽난로도 있다. 낭만적 크리스마스의 제일 조건인 눈이라도 내린다면 세상에서 가장 아름다운 별장이 될 것이다. 사랑하는 사람을 위해 크리스마스에 이곳을 예약할 것이다.

    벽난로에는 호일로 싼 고구마를 넣어두고, 식전주는 샤블리다. 안주는 물론 굴! 사랑해줘서 고맙다며 건배를 한 이후에는 하트 레이블의 칼롱 세귀르를 딸 것이다. 창밖에는 눈이 내리고 풍경은 온통 하얀색이다. 칼롱 세귀르의 달콤한 초콜릿 향으로 그녀의 이성을 마비시킨 후에 프러포즈를 하는 것이다. 내세울 것 없는 키키봉이 프러포즈에 성공하기 위해서는 화이트 크리스마스와 예쁜 별장, 감미로운 칼롱 세귀르가 필요하다. 키키봉이 꿈꾸는 프러포즈이자 세상에서 가장 근사한 크리스마스 계획! 그러나 문제는 애인이 없다는 것이다. 눈만 마주쳐도 사랑에 빠진다는 오늘은 크리스마스. 제기랄!

여보세요?

어. 형, 메리 크리스마스!

메롱 크리스마스처럼 들리는군. 뭐 하나? 소주 한잔할래?

허허. 결혼 후 첫 크리스마슨데 마눌님에게 봉사해야지.

기대도 안 했다. 크리스마스 잘 보내.

형은 뭐 하게?

난 아무것도 안 할 거다.

커뮤니티에 솔로누님들 많잖아. 불러내서 술이나 마시지?

애인이 아니라면 오늘만큼은 만나고 싶지 않다. 외로움에 지기 싫어.

그럼 난 애인이야?

넌 나의 페르소나지. 큭큭. 암튼 해 바뀌기 전에 소주나 한잔하자.

그려. 나만 행복해서 미안해. 수면제 먹고 일찍 자. 크리스마스가 지나 있
을 거야.

끊어!

모든 사람들이 애인이 있고 결혼을 한 건 아니다. 특히나 광고 쪽 지인
들은 일에 바빠서 결혼을 늦게 하는 분위기다. 몇몇 술자리에서 할 일 없
으면 나와서 술 먹자는 제의도 받았던 터다. 키키봉은 그런 제의들을 모
두 거절했다. 평소 때라면 고맙게 나가서 술값도 흔쾌히 내고 밤새 달렸
을 테지만 크리스마스마저 그러고 싶지는 않았다. 함께 보낼 애인이 없

다면 차라리 외로움에 정면으로 맞닥뜨릴 생각이었다. 키키봉이 꿈꾸는 가장 낭만적인 크리스마스의 반대는 어떤 상황일까? 혼자만의 크리스마스를 보내리라 다짐하니 괜한 오기가 발동했다. 가장 궁상맞고 가장 쓸쓸한 크리스마스를 보내고 싶었다. 철저하게 고독에 노출된 채 크리스마스를 보낸 후에, 이날을 마음에 각인한 후 심기일전하여 다음 크리스마스를 애인과 보내기 위한 노력의지로 만들고 싶었다. 키키봉의 제대로 궁상 크리스마스 계획은 다음과 같았다.

핸드폰을 끄고 혹시나 올 연락에 대한 미련을 차단한다.
로맨틱 영화의 최고봉인 〈러브 액추얼리〉를 빌려 극에 달하는 연애욕구를 참아낸다.
소주를 두 병 산 후에 중국집에 짬뽕 한 그릇을 시켜 거울에 건배를 한다.
촛불을 켠 후 내년에는 달라지게 해달라고 큐피드에게 기도를 한다.
침대가 아닌 거실 바닥에서 널브러진 소주병과 함께 잠든다.

키키봉은 추리닝 바지에 점퍼를 걸쳐 입고 동네 비디오 가게를 찾았다. 그러나 비디오 가게에는 〈러브 액추얼리〉DVD타이틀도 대여 중이었고, 비디오테이프마저 빈 케이스만 거꾸로 꽂혀 있을 뿐이었다. 명백한 커플들의 소행일 것이다. 키키봉은 첫사랑의 설렘을 상기시켜주는 〈비포 선라이즈〉로 상영 영화를 바꿀까도 생각했지만 〈러브 액추얼리〉만큼의 포스는 아니라고 생각했다. 크리스마스에는 〈러브 액추얼리〉가 제격이었다. 키키봉은 집에서 나온 지 두 시간을 헤맨 끝에 어느 작은 비디오 가

게에서 먼지가 쌓인 〈러브 액추얼리〉 비디오테이프를 대여할 수 있었다. 집으로 돌아오는 길에는 소주 두 병을 샀고 짬뽕도 한 그릇 시켰다. 라면 먹을 때나 쓰던 작은 상을 거실 바닥에 놓은 후 키키봉은 촛불을 켜고 소주를 마시기 시작했다. 소주를 한 병 반 정도 마셨을 때, 화면 속에서 정신병원에 있는 오빠와 여동생이 통화를 할 때, 키키봉은 주르륵 눈물 한 방울을 흘렸다. 갑자기 예전에 사귀던 여자들이 생각난 것이었다. 시간이 지나면 좋은 것만 기억난다는데 왜 못해준 것만 떠오르는지⋯⋯.

키키봉은 핸드폰의 전원을 켠 후 번호 하나를 찾아서 전화를 걸었다.

여보세요?

⋯⋯.

잘 지냈어?

응. 오빠도 잘 지냈어?

나야 뭐 그렇지.

크리스마슨데 뭐 해?

방금 집에 왔어. 나 남친 생겼어. 지금 만나고 오는 길이야.

그랬구나. 축하해. 좋은 사람이었으면 좋겠다.

좋은 사람이야. 오빠 만나는 사람 없어?

있어. 너보다는 안 예쁜데 착한 여자야. 나한테도 잘하고⋯⋯.

다행이네. 그런데 왜 전화했어?

아! 너 혹시 혜미 전화번호 알아? 내가 핸드폰을 잃어버려서⋯⋯.

난 몰라.

모르는구나. 어쨌든 몇 분 안 남았지만 메리 크리스마스다.

오빠도…… 잘 지내. 끊을게.

응.

키키봉은 통화를 마친 후 전화번호 목록에서 그녀의 번호를 삭제했다. 시간은 밤 12시를 넘었고 또 한 번의 크리스마스는 지났다. 내년 크리스마스에는 누구와 함께 있을까? 키키봉은 거실에 있던 술상을 치우며 마음이 편안해지는 것을 느꼈다. 비록 사랑하는 사람과 와인 잔을 기울이며 근사하게 보낸 크리스마스는 아니었지만, 예전에 사랑했던 여자의 새로운 연애 소식에 홀가분해진 기분이었다. 남을 사랑하기 전에 자신을 먼저 사랑하라고 얘기해주던 여자, 키키봉은 추억이 된 한 여자의 미래를 위해 진심으로 행복을 빌어주었다. 물론 키키봉의 미래에도 행복과 사랑이 찾아오길 함께 바라며.

앤드

집에서 독립을 한 지 1년이 지났다. 독립을 한 후 가장 큰 변화는 생필품이나 식료품에 대한 애착이 강해졌다는 것이다. 독립하고 얼마 지나지 않았을 때만 해도 바쁘다는 핑계로 집에 띄엄띄엄 갔고 엄마가 챙겨주시는 밑반찬이나 선물로 들어온 양념 같은 것에도 시큰둥했다. 그러나 요즘은 다르다. 일주일에 한 번꼴로 주말이면 집에 가고 찬장 속 뜯지 않은 참기름이나 참치 캔, 심지어 안 쓰는 그릇들까지 쓸어 담아온다. 누나가 시집을 갔을 때 집에 오면 세간들이 하나둘 줄어 내심 못마땅했는데 키키봉이 정작 그 꼴이다. 독립을 하고 또 하나 변한 건 집밥에 대한 그리움이 생겼다는 점이다. 사먹는 것도 한두 번, 해먹는 것은 더더욱 입맛에 맞지 않았다. 수십 년 동안 집밥에 길들여진 입맛이 조미료 범벅의 식당 밥에 지쳐가고 있었다.

엄마, 나 다시 들어올까?

왜? 우리 아들이 집에 들어오면 엄마야 좋지.

밥해 먹는 것도 불편하고 큰 아파트에 덩그러니 혼자 살려니 청소도 힘들고……

빨리 결혼을 해야지. 그럼 아파트는 세주게?

아냐. 그냥 한번 해본 소리야.

네 방도 그대로 있고 들어오려면 언제든 들어와. 엄마는 대환영이야.

독립하면서 장만한 세간들도 적지 않은데 그냥 살아야지. 뭐…….

키키봉은 부동산에 들러 전세 시세를 알아보고 이사비용 등을 계산해 봤지만, 역시나 다시 부모님 밑으로 들어가는 것은 무리였다. 하라는 결혼은 하지도 않고 다시 집으로 들어가는 것이 부모님이 진심으로 바라는 건지 자신이 없었다. 독립할 때 큰맘 먹고 지른 냉장고며 침대, 식탁, 텔레비전들도 처치 곤란이었다. 빨리 좋은 여자 만나서 결혼해 덩그런 아파트가 아기자기한 보금자리로 바뀌길 바라는 것만이 능사였다. 키키봉은 흔들리는 마음을 진정시킨 후에 곤을 만나러 홍대로 나갔다. 토요일이었고 늘 그렇듯 게임방에나 갈 계획이었다.

창업을 하자고?

응.

심심하냐?

응.

심심하다고 창업하는 건 꼼꼼하게 준비해서 창업하는 사람들에 대한 결례 아닐까?

결례지. 그건 아는데 그래도 너무 심심하지 않냐?

심심하지. 창업에 대해서 뭘 좀 아냐?

모르지. 할 거면 알아봐야지.

돈은?

너 아파트 있잖아. 세주면 된다.

넌?

난 직장인 대출 가능해. 물론 담보를 잡히긴 해야지.

무슨 아이템으로 창업할 건데?

아이스크림 가게.

왜 아이스크림 가게야?

왜 아이스크림 가게냐 하면 말이지…….